菅原道真

Sugawara no Michizane

佐藤信一

コレクション日本歌人選043
Collected Works of Japanese Poets

笠間書院

『菅原道真』

目次

【和歌】

【漢詩】

凡例

一、本書には、平安時代の歌人菅原道真の和歌二十六首と漢詩八首載せた。

一、本書では、古典和歌に親しんでもらうために、さほどの予備知識がなくても鑑賞できるよう、平明に解説することに重点をおいている。

一、本書は、次の項目からなる。「作品本文」「出典」「口語訳（大意）」「鑑賞」「脚注」・「略伝」「略年譜」「筆者解説」「読書案内」「付録エッセイ」。

一、作品本文と歌番号は、『新編国歌大観』に拠り、適宜漢字をあてて読みやすくした。

一、鑑賞は、一首につき見開き二ページをあてたが、作品によっては特に四ページを当てたものがある。

菅原道真

01

秋風の吹上《ふきあげ》に立てる白菊《しらぎく》は花かあらぬか浪《なみ》の寄するか

【出典】古今和歌集・秋下・二七二

秋風が吹き上げて来るここ吹上の浜辺に立っている白菊は、花なのだろうか、そうでなく白波が打ち寄せてくる波というべきだろうか。

まず道真の和歌をこの「白菊」の歌から始めよう。宇多《うだ》天皇が催した『*寛《かん》平《ぴょう》御《のおん》時《とき》内裏《だいり》菊《きく》合《あわせ》』に提出されたもので、*吹上《ふきあげ》の浜を模した*州浜《すはま》を菊で作ったものに添えた歌。道真四十五、六歳ごろの歌である。

吹上という地名にひっ掛けて秋風が吹き上げると言い、さらに菊か白波か分からないという内容に仕立てた作で、もとより実景を詠んだ歌ではない。道真らしい視覚に訴えた見立ての洒落《しゃれ》をきかせた歌だ。

【詞書】同じ御時（宇多天皇の時代）せられける菊合に、州浜を作りて菊の花植ゑたりけるに加へたりける歌。吹上の浜の形《かた》に菊植ゑたりけるを詠める。

*寛平御時内裏菊合―仁和四年（八八八）から寛平三年（八九一）

この道真の歌に並べられたのは、和泉《いずみ》の国の*深日《ふけい》の浦の菊を詠んだ「今日《けふ》と霜置きまさる冬立たば花移ろふと浦見に行かむ」という歌人不明の歌。この歌は、霜に遭って日ごと変色しているだろうから、さあその深日の浦の白菊を見に行こうと一同に向かって戯《たわむ》れたものである。

しかし道真のこの歌はただ単純に美的に「白菊を波かとぞ見る」と見立てたものではない。風が白菊を吹き上げるというシーンもやや異常であるし、特に下《しも》の句《く》の「花かあらぬか浪《なみ》の寄するか」という急追《きゅうつい》のリズムからは、思い詰めたような、あまり美的とは言えない逼迫《ひっぱく》した衝動のようなものが感じられる。

この歌については、*白居易《はっきょい》の「風ハ白浪《はくろう》ヲ翻シテ花千斤《せんきん》、雁《かり》ハ青天ニ点ジテ字一行」の詩句から影響を受けたのではないかという指摘がある。白居易は「花」とよむだけで、特に「菊」とは書いてないが、「秋風に吹き上げる」とか「波の寄するか」という辺《あた》りの道真の表現は、この白居易の詩の「白浪ヲ翻シ」からヒントを得た可能性は大いにある。

また道真の『*菅家文草《かんけぶんそう》』には、次のように花を白波に見立てた詩句がかなり見受けられる。

の間に行われた。

*吹上の浜—和歌山県の歌枕で和歌ノ浦の北にある海岸。

*州浜—洲のある浜辺を象った儀式用のミニチュアの台。岩木や海浜の植物の景物で飾った。

*深日の浦—通常は「吹飯の浦」と書く。和泉の国の歌枕。伊勢の国という説もある。

*白居易—中唐の詩人白楽天(七七二—八四六)。この詩句は白氏文集・巻二十「江楼ニテ晩ニ景物ノ鮮奇ナルヲ眺メ…」による。

*菅家文草—昌泰三年(九〇〇)道真が醍醐天皇に奉った詩文集。全十二巻。

・氷ハ水面ヲ封ジテ聞クニ浪《なみ》無シ、雪ハ林頭《りんとう》ニ点ジテ見ルニ花アリ。
(巻一「臘月《ろうげつ》ニ独リ興ズ」)

・飛ビテ秋霜ノ落ツルカト疑フ、集《あつま》リテ浪花《ろうか》ノ匂フコトヲ談ズ。
(巻二「水鷗《すいおう》」)

・若《も》シ皇城ヲ出デテコノ事ヲ思ハバ、定メテ啼《な》カム南海浪花《ろうか》ノ春。
(巻三「予外吏トナリテ幸ヒニ内宴装束ノ間ニ侍ス」)

・浪花嶋嶼《とうしょ》ニ晴レ、露葉ハ扶薬《ふきょ》ニ映ズ。
(巻三「新月二十韻」)

・遠ク隔ツ蒼波《そうは》ノ路、遙カニ思フ白菊ノ園。
(巻四「白菊に寄ス四十韻」)

・筆ヲ染メ頤《おとがひ》ヲ支ヘテ閑《しづ》カニ計会《けいくわい》ス、山花遙カニ浪花《ろうか》ニ向ヒテ開ク。
(巻六「海上春意」)

見るように、これら「白波」に見立てられる「花」は、特に「白菊」に限定されたものではない。しかし道真があえてこの歌で「白菊」に限定して取り上げたのは、もとより菊合《きくあわせ》のテーマである州浜に白菊が飾られていたからではあるが、この「白菊」に「貞節」のイメージを重ねて見ていたことによるのではあるまいか。

道真の詩に、

＊氷ハ水面ヲ封ジテ……――この詩は和漢朗詠集・上・冬・氷に載る。波を花に譬えたものではないが、林の先の雪を花に見立て、海の波に対比している。
＊飛ビテ秋霜ノ……――鷗が集まって波の花を噂する。
＊若シ皇城ヲ出デテ……――南海の波の花を見て涙を落とすだろうとうたう。
＊浪花嶋嶼ニ晴レ……――波の花が晴れた島の先にはっきりと浮かぶとよむ。
＊遠ク隔ツ蒼波ノ路……――蒼い海原の向こうに白菊の花の園を思い浮かべる。
＊筆ヲ染メ頤ヲ支ヘテ……――波の花が山の桜に対して開く様。

白キヲ戴《いただ》キテ貞節ヲ知ル、秋深クシテ涼ヲ畏《おそ》レズ。　（巻四「霜菊詩」）

という白菊の「貞節」をうたった詩がある。白菊が秋が深くなっても寒さの中に凛《りん》として立つ姿に孤高の気高さを見て取り、そこに「貞節」を見て取ったのである。この場合の「貞節」とは女性の貞節をうたったものではない。国家の政治を担う官吏《かんり》としてあるべき男子の高潔な心操《しんそう》という意を籠めたものである。道真はどうやら気品ある白菊の花の中に、自身の理想的な生き方を見ていたらしい。

道真が詠んだこの歌では、吹上の浜に咲く白菊は、秋風に吹き上げられてそれこそ波のように揺れている。とすれば、道真は、波に翫《もてあそ》ばれるようにして立つ白菊の花に、自分自身の姿を投影していたのではあるまいか。道真がこの時点で未来に訪れる不幸を予測していたとまでは言えないにせよ、風に揺れる白菊にそこはかとない不安を感じていたことはあってもよいように思われる。いや、そこまで読み取るのは、近代的に過ぎようか。

＊白キヲ戴キテ貞節ヲ知ル…―白菊は白い冠をつけて貞節の志を弁え、寒気の中に立って物怖じしない。

＊未来に訪れる不幸―道真の左遷は延喜元年（九〇一）、この歌のほぼ十年後。

02

このたびは幣《ぬさ》も取りあへず手向山《たむけやま》紅葉の錦《にしき》神のまにまに

【出典】古今和歌集・羇旅・四二〇

今回のこの旅では幣帛《へいはく》も用意できませんでした。そこで、取りあえずこの手向山の名にちなんで錦のように美しい紅葉を手向けることにいたしますので、お気持のままにお受け下さいますように。

『百人一首』に採られて有名になった歌である。詞書《ことばがき》にいう朱雀院は宇多上皇を指す。昌泰《しょうたい》元年（八九八）の冬、醍醐《だいご》帝に譲位した宇多上皇は交野《*かたの》の地で鷹狩りに興じたあと、吉野の宮滝、河内の竜田山《たつたやま》、摂津の住吉と巡幸《じゅんこう》した。十月二十日から十一月一日にかけての気ままな旅だった。

この巡幸の記録は道真の友人である紀長谷雄《*きのはせお》が執筆することになっていたが、途中で馬に右足を踏まれて、やむなく帰洛《きらく》することになった。したがっ

【詞書】朱雀院の奈良におはしましたりける時に、手向山にて詠みける。

【語釈】○このたびは―「たび」は「旅」と「度」を掛ける。○幣―神への供え物にした五色の幣帛。旅の安全を記念して土地土地の神

て第一日二十日の分だけ長谷雄が書き、その後を道真が執筆した。長谷雄の記録はその詩文集である『紀家集《きけしゅう》』に載り、道真の記録は散逸《さんいつ》したが、その一部が『*扶桑略記《ふそうりやつき》』に引かれている。

それによると、総勢二十二人、道々和歌を詠み合いながら旅を続けたらしい。二十五日に宮滝に到着し、上皇もその「飛泉《ひせん》」を賞美した。この日の山水は特に感興《かんきょう》が多く、「人馬漸《ようや》ク疲ル」とある。同行していた素性《そせい》法師が今夜の宿はどこにしようかと心配したので、道真は「前途ヲ定メズ、何《いづ》レノ処《ところ》ニカ宿ラム、白キ雲、紅《もみぢ》セル樹ハ旅人ノ家ナリ」と朗唱《ろうしょう》したが、山中の雰囲気は「幽邃《ゆうすい》」で、誰もこの句に連ねることができなかった。この時道真は、「長谷雄何処《いづく》ニ在リヤ、長谷雄何処ニ在リヤ」と繰り返し呼んだという。記録は「蓋《けだ》シソノ友ヲ求ムルナリ」とし、道真の慨嘆《がいたん》が、大勢の中にあって自分の心中を察して応えてくれるのは長谷雄一人しかいないことを歎いたものと物語っている。ここに宇多上皇の厚遇《こうぐう》を得ながらも、心許せる友がいない道真の孤独な実態が看取《かんしゅ》できるだろう。

この「紅樹」というのは、赤く色づいた木々、紅葉した樹木をいう。唐詩に多く見られ枚挙《まいきょ》に事欠かない。白居易も「紅樹蟬無カラント欲ス。」(「社

に捧げた。〇手向山—所在地は特定されないが、大和へ越える時の峠の山。手向山とは、道の神を祀ってある国境の山を通る際に、旅の平安を祈って手向けたことによる名称。

*交野—「片野」とも書く。河内交野郡。皇室の禁野があった。今の枚方《ひらかた》市の一部。

*紀長谷雄—道真の弟子の漢学者・漢詩人(八四四—九一二)。道真がもっとも信頼し、菅家後集をこの長谷雄に贈った。

*扶桑略記—皇円著の私撰の歴史書。現存十六巻。十一世紀初めに成る。

日関路作」）と詠じており、道真自身も巻一「秋日山行二十韻（時ニ神ニ祈ラムトテ越州ノ社ニ向カヘリ）。」で「白雲ハ何《いづ》クノ澗口ナル、紅樹ハ幾バクノ巌腰ゾ。」と重なり合った岩に根付く紅葉の樹木を詠じている。ここでも「白雲」とともに詠じられていることに注意したい。また道真は「紅樹」と「白雲」の組み合わせを好んだものらしい。巻六「詩友会飲シテ、同ジク鶯声ニ誘引セラレテ花下ニ来ルトイフコトヲ賦ス（花・車・遮・賒・斜・家ヲ勒ス）。」でも「閑《しづか》ニ新シキ巣ヲ計レバ紅樹近し、苦《ねんごろ》ニ旧《もと》ノ谷ヲ思ヘバ白雲賒《はるか》ナリ」は、赤い花を咲かせた樹木の意であろうが、ここでも「白雲」と一対にされているのである。道真の記憶に嘗《かつ》て己の詠じた一句一句がこだましていたのではなかったか。

　掲出の歌は、大和との境界であると手向山まで来たとき、急な旅で山に手向ける幣も持ち合わせて来なかったので、山を覆って咲く紅葉を手折って御《ご》幣《へい》に充《あ》てようと詠んだもの。旅の遊山《ゆさん》的気分と詩人の咄嗟《とっさ》の機転がうまくからんだ美しい光景が演出されていて、華やかで明るい。

　ところで、この旅の二十八日の条でも、道真は、

満山ニ紅葉小機ヲ砕ク、況《いは》ンヤ浮雲ノ足ノ下ヨリ飛ブニ遇ハンヤ、寒樹

ハ何処《いづく》ニ去リシカヲ知ラズ、雨ノ中ヲ錦ヲ衣《き》テ故郷に帰ラム。

という七絶を詠んでいる。ここでも紅葉が錦に見立てられているが、これは司馬遷《しばせん》*『史記《しき》』にいう有名な「富貴ニシテ故郷ニ帰ラザルハ、錦ヲ衣《き》テ夜行スルガ如シ」を踏まえたもので、紅葉を詠もうとする動機が、錦の衣の故事を表現の磁場に引き寄せる例を間近に見る思いがする。

また道真は、後の詩だが、*『菅家後集《こうしゅう》』に、

孤《ひと》リ立チテハ錦ヲ衣《き》ル客ニ逢フガ如シ、四《よ》ニ分《わか》レテハ花ヲ散ズル僧ニ伴フカト疑フ。　（「冬日ニ庭前ノ紅葉ヲ感ジテ……」）

という詩を作ってもいる。この詩にも、二十八日に詠んだ右の「満山ニ紅葉小機ヲ砕ク」という絶句や、この「手向山紅葉の錦」の歌の表現の投影が見られるようである。道真の作の中でも、これらはとりわけ明るく昂揚《こうよう》した雰囲気が感じられる詩や歌といってよいようである。

*史記—前漢の司馬遷（前一四五—？）による中国の紀伝体の歴史書で、後世の史書の範となった。百三十巻。「紅葉ノ錦」の故事は項羽本紀に載る。

*菅家後集—道真の詩集一巻。大宰府配流中の詩を収め、紀長谷雄に託された。

03

桜花《さくらばな》主《ぬし》を忘れぬものならば吹き来《こ》む風に言《こと》づてはせよ

【出典】後撰集・春中・五七

桜の花よ、お前が主人を忘れないのだとしたら、咲いた時には吹く風に言《こと》付けて遠い国にいる私の所まで伝えてほしい。

詞書の「遠き所」とは、道真が配流《はいる》された*大宰府《だざいふ》を指す。道真が大宰府に向けて出立したのは、昌泰四年（九〇一）の二月一日のことである。現在の太陽暦に換算すると、二月二十二日に該当する。桜もまだ芽吹《めぶ》いていない春先の頃である。そう思ってこの歌を見ると、桜の花が咲いたとも散ったとも叙述されていない。ここでの「桜花」とは、まだ早春の蕾《つぼみ》なのではあるまいか。出立に際し、まだ咲いていない蕾に向かって、花が開いたなら、その

【詞書】家より遠き所にまかる時に、前栽《せんざい》の桜の花に結びつけ侍りける。

【語釈】○主―主人。ここは桜の主である道真自身を指す。○言づて―伝言。

*大宰府―九州を統括する地方官庁。道真は大宰権帥《そち》と

「言《こと》づて」を風に乗せて遠い大宰府まで寄こすようにと呼びかけたのである。
この道真の歌と、「風」が人であったら言《こと》づてをやろうという点で共通する歌には、たとえば『古今集』に載る東歌「*甲斐《かひ》が嶺《ね》を嶺越《ねこ》し山越し吹く風を人にもがもや言《こと》づてやらむ」があるが、道真自身の漢詩にも、

*慈悲若《も》シ郷里ヲ忘レザラバ、便《すなは》チ春風ニ付ケテ暁鐘ヲ送レ。

と一本の老松に対して呼び掛けた詩があって発想は共通する。
道真の漢詩文には他に「桜」を詠じた詩もある。

*紅桜《こうおう》笑ヒ殺ス古《いにしへ》ノ甘棠《かんとう》、安使君公《あんしくんこう》遺愛ノ芳《ほう》。春庭ハ無限ノ色ヲ用イズ、
秋畝《しゅうほ》ヲ看《み》ント欲シ余粮《よろう》アリ。

という詩は、道真が国守《こくしゅ》として讃岐《さぬき》に赴任していた時代の詩で、庁舎の前に植わっていた桜のことをうたった詩。「安使君公」とは前讃岐守《さきのさぬきのかみ》の安倍興行《おきゆき》のこと。「紅桜笑ヒ殺ス古ノ甘棠《かんとう》」とは、『*詩経《しきょう》』召南・甘棠に「蔽芾《へいはい》タル甘棠、翦《き》ルコトナカレ伐《き》ルコトナカレ、召伯ノ茇《やど》リシ所ナリ」に基づく表現。元慶の頃に安倍興行がこの居館の前に植えて愛《め》でてきた眼前のすばらしい紅桜の方が、周の召伯が宿ったという甘棠《やまなし》に勝ると絶賛しているのである。
次の桜の詩は、『菅家文草』巻五の「春、桜花ヲ惜シム、製ニ応ズ一首」

して配流された。

*甲斐が嶺を嶺越し山越し…—古今集・巻二十・甲斐歌。

*慈悲若シ郷里ヲ忘レザラバ…—菅家文草・巻四「遠上人ニ別ル」。

*紅桜笑ヒ殺ス古ノ甘棠…—菅家文草・巻四「藤司馬《とうしば》ガ庁前ノ桜花ヲ詠ズル作ニ酬《むく》ユ」と題する詩。藤司馬は道真の下僚にあたる讃岐守掾《じょう》 藤原某《ぼう》。「コノ花、元慶《ぐわんぎやう》ノ始メ、安太守ガ植ヱシ所ナリ」という自注に見える「安太守」は詩に言う「安使君公」と同じで道真の前任者の興行のこと。道真はこの興行を「適《たまたま》明府ニ逢フ」（文草・巻三「路ニ白頭ノ翁ニ遇フ」）、すなわち立派な国司と評価しているから、道真が敬愛していた一人であった。

*詩経—五経の一つ。中国でもっとも古い詩集。10参照。

と題する詩で、『*本朝文粋《ほんちょうもんずい》』にも収載された長文の*詩序《しじょ》を有する。要約すれば、承和《じょうわ》の頃、清涼殿《せいりょうでん》の東に一本の桜の木があって見事な花をつけていたが枯れてしまったので、承和の例に習ってまた新しい桜を植えた。それがまたすばらしくて、花が咲くごとに君臣こぞって謳歌《おうか》したというもの。後半では、道真は天皇の愛顧が花を付けない松竹の方にこそ注がれたいものと切望しているが、前半では、その桜の木の風情を言葉を尽くして褒め讃えており、それを受け、詩の本文第一・第二句では、改めて、

　春ノ物春ノ情、更ニ誰ニカ問ハム、紅桜一樹、酒三遅《さんち》ナリ。

とうたう。「春ノ物春ノ情」が何かを問うとしたら、この桜の紅樹に勝る物はない。その美しさについ見とれて、宴会に遅刻してしまうほどだという。春の長雨を詠んだかの業平の名歌「*起きもせず寝もせで夜を明かしては春の物とて眺めくらしつ」という歌と、事情はともかく眺め暮らすという点では似ていなくはない。「*酒三遅」は、酒宴に遅れた者への罰酒のことである。

第七・第八句の詩句は、

　何ニ因《よ》リテカ苦ニ惜シム花ノ零落スルコトヲ、コレ微臣《びしん》ガ身ノ拾遺《しゅうい》ヲ職トスルガ為ナリ。

*本朝文粋―藤原明衡《あきひら》（?―一〇六六）が編んだ十四巻からなる漢詩文集。文章作成の手本として尊重された。

*詩序―作詩に到るまでの事情を述べる漢文の文章で、和歌の詞書に同じ。この詩の詩序とは、「承和ノ代、清涼殿ノ東二三歩ニ、一ノ桜ノ樹アリ。樹老イテ代モ亦変ズ。代変ジテ樹遂ニ枯レヌ。先皇《せんこう》馭暦ノ初《はじめ》、事皆承和ニ法則セリ。特ニ樹ヲ種《う》ウルコトヲ知ル者ニ詔《みことのり》シテ、山木ヲ移シテ庭実《ていじつ》ニ備《そな》フ。移シ得ルノ後、十有余年、枝葉《しよう》惟《こ》レ新タニ、根荄《こんがい》旧《もと》ノ如シ。我ガ君春ノ日ニ遇フ毎ニ、花ノ時ニ及ブ毎ニ、紅艶《こうえん》ヲ惜シミテ以テ叡情ヲ叙《の》べ、薫香ヲ翫《もてあそ》ビテ以テ恩盻《おんけい》ヲ廻《めぐら》ス。此ノ花ノ此ノ時ニ遇フヤ、紅艶《こうえん》ト薫香トナラクノミ。夫《そ》レ勁節《けいせつ》愛スベシ。貞心憐《あは》レブベシ（以

自分が桜の散り落ちることを惜しむのは、散ったものを拾うという「拾遺」（侍従職《じじゅうしょく》の唐名）の役職にあるからとする。道真が侍従に任官したのは、寛平《かんぴょう》六年（八六七）の十二月十五日の五十歳の時のこと。この年、道真は遣唐大使に任命されたが、だがこれには政治的に道真を追い落とそうとする謀略もあったようで、道真が、「諸公卿ヲシテ遣唐使ノ進止ヲ議定セシメンコトヲ請フ状」という奏状*を作って、遣唐使の派遣が危険で無意味なことを訴えたことは有名である。結局道真は中国には渡らなかった。道真はあるいは花の「零落」に自らの定めを感じ取っていたのではなかろうか。

　さてこの歌の、花を擬人化《ぎじんか》してあたかも人間のように問いかけ、風に託して言づけを寄こすようにと命令するのは、道真の歌として誰でもが知っている「東風《こち》吹かば匂ひおこせよ梅の花主《あるじ》なしとて春を忘るな」（07）という歌の構造とそっくりであることに気づく。道真にとって桜の花も梅の花も、どちらも鍾愛《しょうあい》するに足る対象として同じ思いを抱かせるものであったのだろう。道真が花に対して、日頃から深い親愛の情を抱いていた事実を見て取ったとして穿《うが》ちすぎではあるまい。それが大宰府に左遷される悲運の時であればなおさらであったことは言うまでもない。

下略）」。

*起きもせず寝もせで…―古今集・恋三・六一六・業平。

*酒三遅―酒宴に遅れた者に対して、罰として三盃の酒を科すこと。和漢朗詠集・上・秋・二六三・紀長谷雄に「三遅ニ先立チテ其ノ花ヲ吹ケバ、暁ノ星ノ河漢ニ転ズルガ如シ」とある（本朝文粋にも「九日宴ニ侍ス、群臣菊花ヲ賜ル」に同文を載せる）。

*奏状―天皇への上申を記した文書。

04

君が住む宿《やど》の梢《こずゑ》の行く行くと隠るるまでに帰り見しやは

【出典】拾遺和歌集・別・三五一

太宰府に流されていく私、あなたが住む家の梢が牛車《ぎっしゃ》が前に進むにつれて後方に隠れてしまうまでいつまでもつい振り返ってしまったことだよ。

太宰府に着いた道真が都の妻に送った歌。京都北野の自邸から牛車に乗って出たときのことを、都に残さざるをえなかった妻の宣来子《のぶきこ》に後から伝えた歌である。宣来子は道真の師匠であった島田忠臣《ただおみ》の娘。道真はこの妻のことをほとんど黙して語っていないが、彼の学問にも理解を示した才媛《さいえん》だったのではあるまいか。そのような妻に対する深い愛情が籠《こ》められた歌だ。遠ざかるわが家のことを素朴明快に伝えるこんな歌は他になかった。

【詞書】流され侍りて後、言ひおこせて侍りける。

【語釈】○君―ここは道真の妻の島田宣来子《のぶきこ》を指す。宣来子は嘉祥三年（八五〇）生まれ。この時道真より五歳年少の五十二歳。○見しやは―「やは」は反語ではなく、

この歌は、公任《きんとう》編の『拾遺抄《しゅういしょう》』の詞書では「女の許に言ひにおこせて侍りける」と明示されており、また『大鏡《おおかがみ》』時平伝《ときひらでん》にも多少の語句の異同があって記載され、『北野天神縁起《きたのてんじんえんぎ》』にも載っているが、『源氏物語』の作者もこの歌が忘れられなかったのか、真木柱 巻《まきばしらのまき》で、髭黒大将《ひげくろたいしょう》の北の方が娘とともに父の式部卿《しきぶきょう》宮に引き取られるために家を離れるシーンで、「梢をも目留めて、隠るるまで返り見給ひける」という描写に使っている。

この歌の表現の眼目《がんもく》は、なんといっても「行く行くと」という言葉にあるだろう。*勅撰集には他に見えない表現である。牛車が一歩一歩進むたびに、愛する人のいるわが家が遠くなっていく。望んで行くわけではない旅への悲哀がこの「行く行く」に凝集されていてなんとも悲しい。この表現を道真はおそらく、*『文選《もんぜん》』に載る古詩から学んだと思われる。そこには「行キ行キテ重ネテ行キ行ク、君ト生キナガラ別離ス」という言葉が見えている。夫である「君」と生きながら別れざるをえない妻の悲痛の思いがこの「行キ行ク」に託されているのだ。この思いは道真との間を引き裂かれた宣来子の思いでもあったに違いない。道真もまたこの古詩の言葉を踏まえることで、宣来子を思う別れの歌に絶望の思いを封じこめたのであっただろう。

ここは強い詠嘆を示す。

*勅撰集には他に見えない―勅撰集にはないが、後に日野俊光が嘉元百首で「行き行きて」と使った歌がある。

*文選―南朝の梁《りょう》の昭明太子蕭統《しょうとう》撰の六十巻からなるアンソロジー。この古詩は「古詩一・十九首」中にあり、以下「相去ルコト万余里、各天ノ一涯ニ在リ。胡《こ》馬《ば》ハ北風ニ依リ越鳥ハ南枝《なんし》ニ巣クフ。相去ルコト日已《ひびすで》ニ遠ク、衣帯ハ日已ニ緩《ゆる》ム。浮雲ハ白日ヲ蔽《おほ》ヒ、遊子ハ顧反セズ。君ヲ思ヘバ人ヲシテ老イシム、歳月忽已《こつい》トシテ晩《く》ル。棄損《きそん》シテ復《また》道《い》フコトナカレ。努力シテ餐飯《さんぱん》ヲ加ヘヨ」。

05

天《あま》つ星道《ほし》も宿《やど》りもありながら空に浮きても思ほゆるかな

【出典】拾遺和歌集・雑上・四七九

天に輝く星には軌道も宿る地点もあるのに引き替え、大宰府に流されて行く私の方こそ、空中に浮いて漂っているように思われてならないことだ。

【詞書】流され侍りける道にて詠み侍りける。

【語釈】○道も宿りも—星が天空を動く際の道と宿。天道や黄道、八宿などの言い方がある。これから道真が向かう旅の道と宿が重ね合わされている。○浮きても—

大宰府に配流される道中で道真が詠んだ歌。天上の星には通るべき「道」も休息できる「宿り」もあり、自分にまがりなりに行く道と宿はあるが、自分は中空に漂う置き所のない浮き身にすぎないと嘆じたもの。

*北村季吟《きぎん》の『八代集抄《はちだいしゅうしょう》』は、この「道」や「宿り」に注して「星の行く途《みち》あり。その所に止住《しじゅう》するは宿《やどり》なり。しかれども空に浮きて覚ゆるとなり。我、その如く行く道も着く宿もあれど、中空《ちゅうくう》に思《おぼ》し召すとなり。」と記す。

天の星には軌道があって留まることなく運行し停滞することがないが、自分には進む道や宿があっても、星たちとは違い、こうして途中で挫折して停滞し、宙に浮いたままで不安でならないと言うのであろう。

おそらく道真が星というこの時に想起していたのは、『論語』*為政《いせい》にある「子曰ク、政《まつりごと》ヲナスニ徳ヲ以テスレバ、譬《たと》ヘバ北辰《ほくしん》ノソノ所ニ居テ、衆星《しゅうせい》ノコレヲ共《かこ》ムガ如シ。」という叙述だったに違いない。北極星を示す「北辰」とは徳の高い天子の喩《ゆ》。「ソノ所ニ居ル」というのは、居るべき場所に落ち着いていることであり、天子が無為《むい》でありながら徳をもって平和に治めることをいう。「衆星」とは多くの星の意、天子の周りにいてその政治を助ける賢臣の謂《いい》である。天子とそれを補佐する群臣が、北極星と衆星との姿に喩《たと》えられているのである。これはまさに道真の理想とするところであった。「天つ星」である「衆星」とは、道真にしてみればそれこそ自家薬籠《やくろう》中の故事であったろう。しかし、その理想を語る『論語』を引きながら、道真はその理想的なあり方が全く活《い》かされていない今の政治を切歯《せつし》する思いで見ていたはずである。本来の道が生かされぬまま「空に浮きても思ほゆるかな」と語らざるをえなかった道真の思いはいかばかりであったろうか。

中空に漂う不安定な状態を言う。

*北村季吟―江戸時代初期の歌人・俳人・和学者（一六二四―一七〇五）。主著に源氏物語の注釈書「湖月抄」、古今集から新古今集に到る八代集の全注釈「八代集抄」がある。

*論語―儒教の祖孔子やその門弟の言行録を纏めた四書の一つ。道真も大学で論語を学んだ。論語の「衆星」は北極星を中心に回る星々を皇帝に仕える臣下に比定したものであり、その点で道真のいう星とは異なるが、星をもって君臣の比喩としている点は動かないと思われる。

06

流れ木も三年《みとせ》ありてはあひ見てん世の憂《う》きことぞ帰らざりける

【出典】拾遺和歌集・雑上・四八〇

流木も三年たつと、元の場所へ流れ着くものだ。それなのに、世間の情けない仕打ちのお蔭で、私はいつ帰るとも知れない憂き身のまま帰らずにいることか。

前作に続き『拾遺集』に並ぶ一首。大宰府に左遷《させん》された自分を水に浮く流木に喩《たと》えた歌。23で取り上げるが、道真はこれと似た*「流れ木と立つ白波と焼く塩といづれか辛《から》きわたつみの底」という歌も詠じている。

「浮木《ふぼく》（浮き木）」とも言われる歌語「流れ木」は『新撰和歌六帖《しんせんわかろくじょう》（しほ〈潮〉）』の歌に「難波潟《なにはがた》潮《しほ》ひ潮満ち流れ木の浮きてては沈む身こそつらけれ」とあるように、己《おの》が身の浮沈《ふちん》という連想と分かちがたく結びついた言葉であ

【詞書】浮木といふ心を。

【語釈】○三年―律令の「獄令第二十九」に「しかるを特に配流せむは三載の以後、仕ふること聴《ゆる》せ」とあるのを踏まえるか。○憂き―「浮き」を掛ける。

＊流れ木と立つ白波と…―新

る。この歌の心象もまさにそうであろう。「憂き事」には「浮き事」の意がどうしようもなく重ねられている。元《もと》いた浜辺に帰ることができるかもしれないし、できないかもしれない木片に、みずからの境遇を重ね合わせざるをえない道真の心中を想像すると痛ましい。

　ところでこの歌からは「盲亀浮木《もうきふぼく》に遭《あ》う」という喩《たと》えも想起されるところだ。海に住む一匹の目の見えない亀が百年に一回水面に顔を出して流木に遭遇《そうぐう》し、その孔《あな》に入るという話で、大海原の真ん中で流木に遭遇するという絶望的なまでに不可能な奇跡を表した故事で、迷える人間が仏法に巡り会うことの難事の喩《ゆ》にもなっている。唐の仏教説話集『*法苑珠林《ほうおんじゆりん》』の慙愧《ざんき》篇に詳しい。その偈《げ》によれば、「巨海極メテ広大ニシテ浮木ノ孔復《ま》タ小サシ。百年ニシテ一ツ出ヅ。値《あ》フ事甚ダ為《な》シ難シ……盲亀浮木ニ遇フ、相値《あひあ》フコト甚ダ難シト為ス」というもの。流れ木と言えば誰でもこの話を思い出したはずで、道真も「流れ木も三年ありては」の背後に、律令の「*三載」の規定とともにこの故事を重ね、再び京に帰れることが絶望的に遠いことを歎《なげ》いたのでなかったか。

　これとは別に、道真には「三年」という年月に対してもかなりの思い入れ

古今集・雑下・一七〇一・菅贈太政大臣。

*法苑珠林―唐の釈道世撰になる仏教の故実集。全百二十巻。この話は巻三十一慙愧篇第十引証部の「菩薩処胎経世尊説偈」に見える。もと「涅槃経《ねはんぎょう》」から出た話。迷える悪人が仏法に巡り会うことの至難さを喩えるともされる。

*三載―【語釈】参照。

があったようである。彼の詩にはこの「三年」に絡むものが幾つか見える、

・*豈《あに》、大鳥《おほとり》三年ニシテ挙《あが》ルニアラザラムヤ。応《まさ》ニコレ飛丹《ひたん》九転シテ成レルナルベシ。

詩題にいう「春十一兄老生」とは道真の学友であった春澄《はるずみ》氏出身の十一番目に当たる青年を指す。これを排行《はいこう》という。「大鳥」は『*荘子』逍遙遊篇にいう「鵬《おおとり》」のこと。この青年が三年にして飛び立ち官界に飛翔するであろうことを励ましたのである。三年で飛び立つと言うのは、三年毎《ごと》に実施される官吏登用試験に合格することを指す。

・*偸《ひそ》カニ史局ニ居ルコト三年ニシテ去リヌ。忝《かたじけ》ナク兵曹ニ入リテヨリ一月《いちげつ》強《きょう》ナルノミ。

これは、貞観《じょうがん》十六年（八七四）に、それまで三年間勤めた内吏の閑職から民部少輔《しょうふ》に遷任《せんにん》したことを示す。詔勅《しょうちょく》を起草したり、宮中の記録を整理する閑職からようやく解放され、二月に*兵部侍郎《じろう》に移り、たった一ヶ月で今度は民部省の戸部《こほう》に転じたことを自嘲的に述べた詩である。

・*官考三年　黜《しりぞ》ケラルルコトヲ愁ヘズ。唯《ただ》生涯万事非《ひ》ナルコトヲ歎クノミ。

「官考三年」とは、仁和《にんな》二年（八八六）讃岐国司を勤めた任期の三年を指し、

*豈、大鳥三年ニシテ……—菅家文草・巻一「春十一兄老生ノ吟ジテ寄セラルルニ和ス」。

*荘子逍遙遊篇—荘子は戦国時代の楚の荘周の著、無為自然を説く。その逍遙篇に「北冥ニ魚アリ。ソノ名ヲ鯤《こん》ト為ス。鯤ノ大ナルコトソノ幾千里ナルカヲ知ラズ。化シテ鳥ト為ル。ソノ名ヲ鵬《ほう》ト為ス」とある。

*偸カニ史局ニ居ルコト……—菅家文草・巻一「戸部《こほう》侍郎ヲ拝シ、聊《いささ》カ懐《おも》フ所ヲ書シテ田外史《でんがいし》ニ呈ス」。田外史は島田忠臣の弟の良臣。

*兵部侍郎—律令制で、兵部輔は兵部省の次官であり、大・小がある。その小輔の唐名が侍郎である。

*官考三年黜ケラルル……—同・巻四「冬ニ驚ク」。「官考」

その地位から退《しりぞ》けられることは憂えないが、その任はすべて非であったという。同じく讃岐守時代の三年を回想したものに、

・*暦《こよみ》ヲ案ズレバ唯冬一月ヲ残スノミ。官ニ居テ且《かつ》ガツ遺《や》ル秩《ちつ》三年

がある。「秩三年」の「秩」とは官吏の俸給を示す秩禄《ちつろく》。三年間無駄に禄を食《は》んできて残すところあと一月《ひとつき》と言う。この次の聯《れん》に「性酒ヲ嗜《たしな》ムコト無ケレバ憂へ散ジ難シ。心詩ヲ吟ズルニ在レバ政《まつりごと》ハ専《もっぱ》ラナラズ」ともうたっているから、鬱々《うつうつ》とした三年間であったらしい。

掲出の歌にいう「三年」とは、直接的には『律令』獄令にある「特に配流せむは三載の以後仕ふること聴《ゆる》せ」とあるのを意識しているのであろうが、こう見てくると、最初の友に贈った詩の「三年」は儀礼的な美辞だから別として、どうやら道真にとっての「三年」とは様々な思いを喚起する時間だったようだ。そしてそれは大抵が苦い思いを伴うものであった。それは主として自分が居るところにいない、本来の望みである任務から爪弾《つまはじ》きされているという隔靴掻痒《かっかそうよう》の思いであったのだろう。

あの流木でも三年たてば故郷に帰れるというのにその楽しみさえ奪われている。悲憤《ひふん》と裏腹のこの痛苦は和歌の表現において、より切実だった。

の「考」は職事の功と過。

*暦ヲ案ズレバ……同・巻四「冬夜ノ閑カナル思ヒ」。

07

東風《こち》吹かば匂ひおこせよ梅の花主《あるじ》なしとて春を忘るな

【出典】拾遺和歌集・雑春・一〇〇六

もし東からの春風が吹いたならば、梅の花よ、お前の香を贈って寄こしてくれ。主人の私が居なくなったからといって春を忘れるでないぞ。

【詞書】流されける時、家の梅の花を見て。

【語釈】○東風―「こち」と読んで春風を表す。○おこせよ―寄こせよと同じ。○主―道真を指す。梅を愛した道真の家は紅梅殿と呼ばれていた。

道真の歌としては最も人口に膾炙《かいしゃ》した歌であろう。大宰府を始め、天神を祀った北野社や各地の社で、*飛梅《とびうめ》伝説とともにこの歌を掲げない社はない。

延暦《えんりゃく》元年（九〇一）二月一日、大宰権帥《だざいのごんのそち》としていよいよ都を離れることになった日に庭の梅の木に呼び掛けた作とされる。*『大鏡』時平伝《ときひらでん》や*『北野天神縁起』は多くの子どもたちとの別れのシーンを長々と描きだし、『北野天神縁起絵巻』は、前出03の「桜花主を忘れぬものならば」も並記して、「かやうの歌のみ書き留め給ひける言葉ぞ哀れには侍る」という感想を付している。もって悲しい別れの雰囲気が髣髴《ほうふつ》とされよう。

道真が特に梅を愛したことは有名である。『菅家文草』巻一の冒頭を飾る詩は道真が十一歳の時に詠んだ詩であるが（漢詩01）、その題がそもそも「月夜梅花ヲ見ル」というものであった。その一節に、

月ハ耀《かかや》クコト晴レタル雪ノ如ク、梅ハ花サクコト照レル星ニ似タリ。

という若さなりにかなり気負った詩句が早くも見える。

・*誰人カ栄《ひら》ケル華《はな》ヲ攀《ひ》キ折リテ取レル、新《あらた》ニ相公《しやうこう》ヲ拝シテ四ツノ支《えだ》ヲ掁《たが》ヘリ。

これは宇多帝が今年は去年より梅の花が少ないと詩に詠まれたのを見て奉った詩。誰が咲いている梅の花を折り取ったのか。新しく参議《さんぎ》に任命されて栄華に酔った私かもしれない。四つの手足がバラバラになり、自由が利かないのですとみずからの罪だとして謙譲《けんじよう》の心を示す。

・*松ヲ笑ヒ竹ヲ嘲《あざけ》ル独リ寒キ身、看《み》ヨヤコレ梅花絶《か》ツテ隣《となり》セズ。

梅は松や竹を嘲笑うようにして孤立して佇《たたず》む、見給え、梅の花はかつて松や竹と隣り合わせたことはなかったではないかとうたう。松や竹に対比し

＊飛梅伝説—道真が大宰府に流されて京の家を出る時、梅の木にこの歌を詠みかけたところ、その梅は大宰府にまで飛んで行き咲き匂ったという。

＊大鏡時平伝—大鏡時平伝は、道真を追い落としたとされる藤原時平の事蹟を綴った章。「この大臣には多くの子供がおありだった。結婚した女君や官職についていた男君も方々へ流されて痛ましいことだったが、幼い君たちは泣いたので、「流すまでもあるまい」と公《おおやけ》でもお許しになったが、帝の戒めは大層厳しく、同行まではお認めにならない。道真公はそれやこれや悲しくお思いになって、御前の梅の花を御覧になってこの歌を詠んだ」と描いている。

＊北野天神縁起—鎌倉時代初期に作られた北野天神社の

て、より孤高なたたずまいを見せる梅を称揚したのである。

・*人ハコレ同ジキ人、梅ハ異ナル樹、知ンヌ華ノミ独リ笑《ゑ》ミテ我ハ悲シミノ多キコトヲ。

大宰府の宣風坊に道真が新しく植えた梅を詠んだ詩。見る私は同じ人間だが、梅はかつての都の梅とは違っている。しかし梅の花は昔に変わらず独り笑み咲くが、私はこうして悲しみを増すばかりという。

・*城ニ盈《み》チ郭《くるわ》ニ溢レテ幾《いく》バクノ梅花ゾ、猶《なお》是レ風光ノ早歳《さうさい》ノ華《はな》ノゴトシ。

これは、春の淡雪が都府の到る所に数え切れないくらい咲いた梅のように見え、早春の風光の織りなした花のようだと讃えたもの。

道真がいかに梅を愛していたかが分かるだろう。道真の生涯の重要な局面にあって、梅はいつも道真を支え続けてきた景物であったのである。

また次の詩句は当該歌との関連で注目されるもの。

・*カルガユヱニ梅、粧ヲ翫《もてあそ》ビテ樹ヲ繞《めぐ》ラシテ迎フ。

『菅家文草』巻一の「早春ニ右丞相《うじやうしやう》ノ東斎ニ陪《ばい》シテ同ジク東風《こち》梅ヲ粧《よそ》ハシムトイフコトヲ賦ス」という詩。右丞相とは右大臣*藤原基経《もとつね》。東斎は基経の邸の東にあった書斎。この詩句は春になって誕生する子供を

縁起絵巻。作者未詳。「帝の御命令は重く、二十三名のお子様たちの中の男子四人はやはり四方へ流され、大人しい姫君は京に留めて、道真公はまだ幼い子供たちを引き連れてお出になる。住み慣れた紅梅殿が懐かしいあまり、草木にまで約束を結ばれたのだった」とある。

*誰人カ栄ケル華ヲ……—菅家文草・巻五「御製、梅花ニ題シテ…」。自注に「臣、次《つい》デナラズ宰相ト為《な》リヌ。故ニ此ノ意ヲ上《たてまつ》リテ、此《これ》ニ喩《たと》フ」とある。

*松ヲ笑ヒ竹ヲ嘲ル……—同・巻六「殿前ノ梅花トイフコトヲ賦ス」。

*人ハコレ同ジキ人……—菅家後集「梅花」。

*城ニ盈チ郭ニ溢レテ……—菅家後集の掉尾を飾る詩「謫《たっ》居《きょ》ノ春雪」。漢詩08参照。

喜んで、婦人たちが髪に梅を飾る風習をうたったもので、梅を直接に叙したものではないが、歌と同様、東風と梅の花をうたっている点が注目される。またこの詩の直後の詩も同じ基経邸で詠まれた詩で、「＊宮門《きゅうもん》雪ハ映ズ春遊ノ後、相府《さうふ》風ハ粧フ夜飲《いん》シタルヨリ」と見える。「相府」は大臣の唐名。「風ハ粧フ」は前の詩題の「東風《こち》梅ヲ粧《よそ》ハシム」を簡略化したもの。道真の自注によれば、この内宴は仁和元年（八八五）の春、道真がまだ壮年の四十一歳の時に行われたもの。右大臣基経の詩宴に招かれた晴れの思い出として、この時の「東風」と「梅」の両者は輝かしい記憶として残ったはずだ。当時はまだ、藤氏との対立は生まれていない。

それから十六年後、基経の子時平によって大宰府に飛ばされることになった道真は今、この「東風吹かば」の歌をうたい上げたのである。先の詩とこの歌の「東風」と「梅」との落差は圧倒的に大きかった。梅はかつて道真の人生における春を象徴するものであったがゆえに、庭前の梅にこうして呼び掛ける道真の心はより一層哀切に満ちたものだったのである。

＊カルガユヱニ梅粧ヲ甑ビテ……―春風が今年初めて生まれる子を持てなす。このため夫人達は梅の花を頭に髻して春風を迎える。

＊藤原基経―良房の後を継ぎ、摂政・関白を務めた時平の父親。道真とは近しかった。

＊宮門雪ハ映ズ……―「書斎雨日、独リ梅花ニ対ス」自注に「内宴ノ後朝、右丞相、詩客五六人ヲ招キ、『東風梅ヲ粧フ』トイフコトヲ賦ス。余、不才ト雖《いへど》モコノ両宴ニ侍リ、故《かるがゆゑ》ニ云フ」云々とある。内宴に招かれて『春雪早梅ニ映ズ』の詩を作ったが、その通りになり、その後相公の夜飲に招かれて『東風梅ヲ粧フ』の詩を詠じたが、やはりその通りになったと述べている。

08

天《あめ》の下逃《のが》るる人のなければや着てし濡《ぬ》れ衣《ぎぬ》干《ひ》るよしもなき

【出典】拾遺和歌集・雑恋・一二一六

天から降る雨の下を逃れる人はいないからだろうか、一旦着て雨に濡れたその濡れ衣を干す手立てもないことよ。この無実の罪を晴らすことが出来ないことだ。

一度自分に着せられた濡衣《ぬれぎぬ》の罪は晴らしようがないということを、空から下りる雨に引っかけて自嘲的に歎《なげ》いた歌。この歌にうたわれる絶望はきわめて明確であろう。「濡れ衣」には道真が藤原氏の画策によって帝を呪詛《じゅそ》したという罪に問われて大宰府に左遷された事実が当然踏まえられている。「天の下」は漢語の「*天下《てんか》」を訓読した表記であるが、道真はこの「天下」という言葉に強い思い入れがあったようだ。

【詞書】流され侍りける時。

【語釈】○天の下―「天」に「雨」を掛ける。○濡れ衣―無実の罪をいう。道真は帝を呪詛したという罪に問われた。○干る―干す、乾かす。

＊「天下」を訓読した―類聚《るいじゅう》

・*易《えき》ニ曰ク、人文ヲ観《み》テ以テ天下ヲ化成ストイフハ、文《ぶん》ノ謂《いひ》ナリ。厳君《げんくん》、遂
コノ文ノ直筆《ちょくひつ》ナルヲコトヲ知リ、コノ文ノ良吏《りょうり》ナルコトヲ味ハフ。遂
ニ諸《もろもろ》ノ生《しょう》ヲ引キテ、芸閣《うんかく》ニ校《かんが》へ授ク。

「厳君」は父是善《これよし》のこと。これは父の是善が模範とすべき『*易経《えききょう》』を知悉《ちしつ》していることを述べた長文の詩序の一節であるが、道真は『易経』の叙述を引きながら、この世界を成り立たせるものが「文」であると説く。道真にとって「天下」とは即ち「文」なるものであった。「文」とは、力の行使である「武」に対して、学問や学芸、文学、芸術などに基づく徳治主義《とくちしゅぎ》の理想を指している。

しかし、「文」はさまざまな展開を示す。道真がまだ少壮官僚であった頃、

・世*ニハ小人《しょうじん》多ク君子少ナシ。宜《むべ》ナルカナ天下ニ思フ所アルコト。

と詠んだ詩がある。この詩には道真による自注*があって、意訳すると、元《がん》慶《ぎょう》六年（八八二）の夏の終わり頃、大納言藤原冬緒《ふゆお》を誹謗《ひぼう》する作者不明の詩があった。冬緒はその詩が非凡であったことから、時の文章《もんじょう》博士であった道真が書いたものと疑った。道真は疑念を懸けられたことを深く恥じ入り、「命《めい》ナルカナ天ナルカナ」と嘆き、こうした疑いを懸けられたのも天命であ

名義《みょうぎ》抄などの古辞書に「天」をアメと訓じた例がある。

＊易ニ曰ク……—菅家文草・巻一「八月十五夜、厳閣尚《げんかくしょう》書《しょ》、後漢書ヲ授ケ畢《おわ》ンヌ。各《おのおの》史ヲ詠ジ黄憲《こうけん》ヲ得タリ」以下の詩序。「厳閣尚書」は父の是善《これよし》。道真以下の学匠に対する後漢書の講義が終了し各自歴史を詠じた詠史詩を提出した。「黄憲」は後漢書に見える神仙。黄憲に逢った感じがしたというのであろう。この文言の後、父是善が後漢書の歴史記述がありのままであること、優れた案内書であることをよく認識していたといい、父が御書所において後漢書を正しく定めたと褒めている。

＊易経—五経の一つ。陽と陰を組み合せた六十四卦によって人事や自然の万般の道理を説いた書。

ろうかと悲しんだというのである。ここでいう「天ナルカナ」の「天」とは権謀術数《けんぼうじゅっすう》の渦巻く学者世界そのものを指しているだろう。

・*仮令《たとひ》、儒《じゅ》ノ吏《り》ト作《な》ラムトモ、天下雷同《らいどう》セルコトヲ笑ヒナム。

道真四十二歳、民の実情に直接触れた讃岐守時代の詩である。学問に生きる儒学者の私がこうして役人になったのは自分の理想を実現するためであったが、たとえそうだとしても、天下の人々は私が体制に付和雷同《ふわらいどう》したと笑うに違いないと自嘲している。この場合の「天下」は、物事の表層しか見ようとしない浅はかな世間一般という謂《い》いであろうか。

また同じく讃岐時代に都の島田忠臣に贈った詩に「天下」の語がある。

・*天下ノ詩人、京ニ在ルコト少ナシ。況《いは》ンヤ皆、阿衡《あこう》ヲ論ズルニ疲レ倦《う》ミタルヲヤ。

道真の人生にとって問題の深い「阿衡《あこう》の変」をうたった詩である。*この年仁和四年（八八八）、宇多上皇は都に在住の儒者たちに「阿衡」の職の意味を考証させた。藤原基経を太政大臣に就任させる勅《ちょく》の中に「阿衡」の二字があったのを、*藤原佐世《すけよ》が「阿衡」とは閑職という意味だと基経に教えたので基経は宮中への出仕をやめた。このため、勅の起草に当たった*橘広相《ひろみ》が罪《つみ》せられ

*世ニハ小人多ク……―菅家文草・巻二「思フ所アリ」の一節。

*自注―原文は次の通り。「元慶六年夏ノ末、匿詩アリ。藤納言《とうなごん》ヲ誹《そし》ル。納言、詩ノ意ノ凡ナラザルヲ見テ、当時ノ博士ヲ疑フ。余、甚だ之を慙《は》ヅ。命ナルカナ天ナルカナ」。

*仮令、儒ノ吏ト……―菅家文草・巻三「舟行《しゅうこう》五事」二番目の詩。

*天下ノ詩人、京ニ在ル……―菅家文草・巻四「諸《もろもろ》ノ詩友ヲ憶《おも》フ。兼ネテ前濃州田別《でんべつ》駕《が》ニ寄セ奉ル」。前濃州田別駕とは自分の師であり妻宣来子の父でもあった島田忠臣のこと。

*この年仁和四年―道真四十四歳。自注に「伝へ聞ク、朝廷、在京ノ諸儒ヲシテ阿衡ノ典職ノ論ヲ定メシムト」

た。道真はこの騒動を讃岐で聞き、都にはましな詩人はいないのか、阿衡問題でみんな疲弊《ひへい》してしまったのかと揶揄《やゆ》したのである。「天下ノ詩人」とは、我こそ「天下ノ詩人」だと威張っている都の詩人にはろくな奴はいないと憤激した言葉で、ここには道真の強烈な自負心が覗《のぞ》いている。

また、巻五にある、醍醐《だいご》天皇の命《めい》に応じて作成した詩では、先帝の宇多上皇と現在の醍醐天皇の御代《みよ》を称して、

・*天下無為《むゐ》ニシテ日 自《おのづか》ラ清メリ、今朝 幸《さいは》ヒニ再ビ陽《よう》ノ並ブ時ニ遇フ。

という。「陽ノ並ブ」とは陽数が並ぶ重陽《ちょうよう》のこと。「無為ニシテ」は天下が平穏に治まっていることを示し、*醍醐帝の今の御代が理想的であることをいう。さまざまな波乱があった宇多の時代のことが暗に諷《ふう》せられているのだろう。

しかしその醍醐帝の治世《ちせい》で、あろうことか道真は時平に讒《ざん》せられて罪に問われ、大宰府に左遷させられるという変事が起こった。道真はさまざまな「天下」を経験し、時に翻弄《ほんろう》されてきたが、何といっても理想的な「天下」として期待した醍醐帝の治世でわが身を襲った失墜の思いに匹敵するものはなかったに違いない。こう考えてくると、一度着た濡衣は晴らしようがないと呟《つぶや》く所まで追い込まれた道真の悲哀はやはり途方もなく大きいのである。

とある。

＊藤原佐世―是善の弟子。広相が起草した勅の「宜シク阿衡ノ任ヲ以テ卿ノ任トナスベシ」の阿衡を職掌のない名誉職とした。

＊橘広相―是善の弟子の文章博士。佐世を恨んで死んだ。

＊天下無為ニシテ…―菅家文草・巻五「重陽ノ宴ニ侍リテ、同ジク秋日清キ光ヲ懸クトイフコトヲ賦ス」。「陽」が陽数の意で、それが並ぶ重陽は目出度いとされた。ここは九月九日。

＊醍醐帝の今の御代が理想的―この道真の思いは、醍醐帝の延喜時代が後の村上天皇時代と併せて、後世「延喜・村上の聖代」として仰がれたことにも通じる。

09

草葉《くさば》には玉と見えつつ侘《わ》び人《びと》の袖の涙の秋の白露《しらつゆ》

【出典】新古今和歌集・秋下・四六一

草葉の上にあるときは玉と見えながら、失意の人の袖の上では涙となってしまうこの秋の白露であることよ。

秋、草に結ぶ白露を美しい玉と見立てながら、その玉も都へ帰ることも叶わぬわが身にとっては袖に落ちる涙そのものだとうたう。白露の白は五行思想《*ごぎょうしそう》で秋に相当するし、道真自身の身の潔白《けっぱく》を象徴する色ともなっていよう。この歌は道真の歌の中でも、珍しく和歌的な叙情に溢《あふ》れた歌である。

道真は漢詩でも白露を多くよんだ。『菅家文草』巻一の最初に白露が見える詩は「七月六日ノ文会」と詩題にある七言絶句。

【語釈】○侘び人―嘆きや苦しみを抱いて暮らす人、道真自身の比喩。

＊五行思想―五気としての木火土金水によって万物は生じ、万象は変化するという中国での考え。

・*秋来《きた》リテ六日、未ダ全《まった》キ秋ナラズ。白露ハ珠《たま》ノ如ク月ハ鈎《つりばり》ニ似タリ。一《もはら》流年ニ感ジテ心最モ苦シム。詩酒ニ因《よ》ラズンバ愁ヘヲ消サザラマシ。

完全には秋に移行していない七月六日という日は微妙である。年は流れ、やがて珠のような白露も散ってしまうだろうし、鈎《つりばり》のような三日月も満月になってしまうだろうと、移ろう時間のその微妙な一瞬を切り取って詩に詠じた。結句の「詩酒《ししゅ》ニ因《よ》ラズンバ」云々は、詩や酒でなければこの愁いを晴らすことができないという意。酒仙《しゅせん》であった李白《りはく》を意識しているのかもしれないが、実際には道真は酒に弱かった。『菅家後集』では*白楽天《はくらくてん》の『洛中集記』「北窓三友」の故事を引いて、「一ノ友ハ弾琴、一ノ友ハ酒、酒ト琴ト吾知ラズ。……詩友ハ独リ留マル真ノ死友」と言っているから、道真の場合は詩に重点があったと思われる。この「詩酒《ししゅ》ニ因《よ》ラズンバ愁《うれへ》ヲ消サザラマシ」という一句は、かの『万葉集』を飾る*大伴家持《やかもち》の春愁の絶唱を思い起こさせ、別の意味で興味深いがここでは措く。

次には巻六に載る詩。九月の重陽《ちょうよう》の節に茱萸《ぐみ》の実のついた枝を挿《かざ》しにして長寿を祈る中国由来の習俗を詠じたもので、

・*収メ採《と》ル有時《とき》、白露寒《ひやや》カナリ。戴《いただ》来クコト無数ニシテ玄珠《ぐゑんしゅ》小サシ。

*秋来リテ六日…—菅家文草・巻一「七月六日ノ文会」。

*白楽天の…—菅家後集「楽天ガ北窓三友ノ詩ヲ詠ズ」。

*大伴家持の春愁の絶唱—うらうらに照れる春日に雲雀《ひばり》あがり情《こころ》悲しも独りし思へば（万葉集・巻十九・四二九二）。左注に「春日遅々《ちち》に鶬鶊正に啼《な》く。悽惆《せいちゅう》の意、歌にあらずしては撥《はら》ひ難し。よりてこの歌を作りもちて締緒《ていしょ》を展《の》ぶ」とある。

*収メ採ル時白露寒カナリ…—菅家文草・巻六「九日宴ニ侍ス。群臣ノ茱萸ヲ挿ムヲ観ル。製ニ応ズ」の含聯。

とある。この白露は二十四気の一つ九月八日ごろの露を表し、個人的な感懐《かんかい》を述べたものというより、公の儀式で茱萸《ぐみ》の枝に置いた白露をそのままうたったものであろう。

次は文章から一つ。巻九に見える左大臣藤原時平《ときひら》のために極楽寺を*定額《じょうがく》寺《じ》になさんとして奉った「奏状」の一節に、

・*金沙《きんさ》ヲ募《つの》リ以テ名ヲ揚ゲ、白露ニ先ンジテ命ヲ殞《お》トシヌ。

とある。「命ヲ殞《いん》シヌ」とは命を落とすこと。この露は、はかない命の譬喩《ひゆ》としての白露である。

また道真は、亡くなった人を供養するための願文《がんもん》を人から依頼されて多く残しているが、その中に「孤露《ころ》」という独特の用語が散見する。

①*天ヲ怨《うら》マズ、人无《な》キニアラズ。身ノ数奇《すうき》、夙《つと》ニ孤露ト為《な》ル。

②*弟子夙《つと》ニ孤露ト為リ、未ダ微塵《みじん》モ報ゼズ。

③*敬シテ白《まう》ス。弟子ガ亡室《ぼうしつ》、平生語リテ曰ク、妾《わらは》ガ祐《さいはひ》ノ薄キ、夙《つと》ニ孤露ト為ル。

④*先ヅ妣《はは》ヨリ世ニ下リテ爾後《じご》一十三年。孤露ノ悲シミ、寒温已《すで》ニ累《かさ》ナリ、浮雲ノ質、変滅何《いづ》レノ時ゾ。

*定額寺—平安時代に数を限定して鎮護国家を祈らせた寺。官寺として遇された。

*金沙ヲ募リ以テ…—菅家文草・巻九奏状「左大臣ノ為ニ極楽寺ヲ以テ定額寺ト為サント欲スト イフコトヲ請フ状」。

①「吉祥院法華会願文」菅家文草・巻十一願文上。

②「式部大輔藤原朝臣室家命婦ノ為ノ逆修功徳願文」同・巻十二願文下。

③「藤相公ノ為ノ亡室周忌ノ法会願文」同・巻十二願文下。

④「清和女御源氏ノ為ノ功徳ヲ修スル願文」同・巻十二願文下。

①は、元慶五年（八八一）十月、道真自身の生母伴氏《ばんし》の逝去に際してのもの。「孤露」とは孤児という意。「天」とは天命のことで、私は天命を怨むのではない、母を喪《うしな》ったのは数奇な定めにすぎないと強弁している。

②は、元慶七年三月十八日の願文。式部大輔《たいふ》藤原某の北の方の両親を弔った時のもの。これも孤児の意で、「夙ニ」に死別が急であったことへの痛苦の思いを籠めたものと取れる。

③は、元慶八年二月十二日、*山陰《やまかげ》中納言の亡き妻の一周忌に際してのもので、山陰中納言の亡妻《ぼうさい》は幸せが薄かったために「孤露」となったという。

④は、仁和二年（八八六）十一月二十七日、清和女御《にょうご》源氏の十三回忌供養のための願文。子供は亡くなった母が生み落としてもう十三年たったが、その間ずっと独りであったという。この「孤露」も孤児の意である。

これらの「孤露」は皆、独《ひと》り取り残された孤児という意味で、掲出した歌とは直接結びつくものではないが、道真がこの歌を詠じたとき、この「孤露」が連想されたとしてもおかしくあるまい。自己の天涯孤独な有りようを見つめ返したときに、たった一つの草葉からこぼれ落ちた露が、あたかも自己の孤愁を形象しているかのように映ったのではないだろうか。

＊山陰中納言—藤原山陰（八二四—八八八）。亀を助けて恩返しをうけたことで有名。『今昔物語集』十九に所載。

10

谷深《ふか》み春の光の遅ければ雪に包《つつ》める鶯《うぐひす》の声

【出典】新古今和歌集・雑上・一四四一

谷が深いので春の陽光が届くのが遅い。そのため、鶯の声もまだ雪の中に包まれていて聞こえてこないことだ。

古来、鶯は、谷からいち早く里に降りてきて春を告げる鳥とされてきた。鶯のことを春告鳥《はるつげどり》というのもそのためである。この歌ではまだ雪に籠もっている鶯をうたっていて、取り立てるほどの新味はないが、どうやらこの歌にも道真らしい寓意《ぐうい》が籠められているようだ。

晩唐の*賈島《かとう》の詩「鳳《おほとり》ヲ王ト為ス賦」に「*鶏《にはとり》既ニ鳴キテ忠臣旦《あさ》ヲ待ツ。鶯未ダ出デズシテ遺賢《いけん》谷ニアリ」という詩がある。「遺賢」とはいまだ朝廷に

【詞書】鶯を。

【語釈】○谷深み―谷が深いので。「み」は原因や理由を表す語。

*賈島―「推敲《すいこう》」の故事で知られる晩唐の詩人（七七四―八四一）。『水江集』がある。

*鶏既ニ鳴キテ…―和漢朗詠

用いられない在野の賢臣のこと。この詩と道真の右の歌が大きく重なっていることが分かる。『新古今集』の諸注にも、「雪ニツツメルトハ、侘ビツツ鳴キタル体ナリ。述懐ノ御歌ナルベシ」（*新古今注）、「下心は、鶯未ダ出デズシテ遺賢谷ニ在リなどいへる心にて、世に讒人《ざんにん》多くて賢者《けんじゃ》出頭せず、君の恩光も薄き御述懐にや」（*八代集抄）などと、世に容《い》れられない道真の苦衷《くちゅう》を述べたものとする注が多い。

道真がまだ少壮官吏《しょうそうかんり》だった頃の内宴で詠んだ詩に、次のような句が見える。

*偏《ひと》ヘニ歓《よろこ》ブ。初メテ谷ヲ出ヅルコトヲ。

これは『*詩経』少雅《しょうが》・伐木《ばつぼく》に「木ヲ伐《き》ルコト丁々《てふてふ》タリ。鳥ノ鳴クコト嚶々タリ。幽《ふか》キ谷ヨリ出デテ喬《たか》キ木ニ遷《うつ》ル」とあるのに基づいた表現で、初めて内宴に参加できた喜びをうたったものである。この『詩経』の故事は、右にあげた賈島も当然踏まえていたと思われるが、いずれにせよ、道真の当該歌とこの「伐木」の詩との間に発想の類似をみることは誤りではあるまい。

また「鶯」という題で詠んだ詩の一節に、

*初メテ谷ヲ出デシヨリ人ニ憐《あは》レマル。

集上・春・鶯に所収。

*新古今注―作者未詳。七四八首の歌に注を加えた中世の注。京大図書館本と静嘉《せいか》堂文庫に二本が伝わる。

*八代集抄―05に既出。

*偏ヘニ歓ブ…―菅家文草・巻二「早春内宴ニ侍リテ、早キ鶯ヲ聴クトイフコトヲ賦《ふ》ス」。

*詩経―中国最古の詩集。儀式用の詩（少雅・大雅）、祭式用の詩（頌《しょう》）、民謡（国風）からなり、もと三千余編あったが、孔子が三百十一編に整理し五経の一としたという。

*初メテ谷ヲ出デシヨリ…―菅家文草・巻五「鶯」中の句。

とも記す。谷間から出たときから鶯は人に愛されてきたという意であるが、これは寛平七年（八九五）三月に行われた内宴で、皇太子であった醍醐天皇から「大唐には一日百首の詩を詠ずる習慣があると聞く。試しに今二時間で十首を詠じてみよ」と言われて一時間で詠み上げた時のものだという。道真にとっては輝かしい晴《はれ》の記憶であったのであろう。

同様にやはり内宴で詠んだ詩、

*鶯児《おうに》敢ヘテ人ヲシテ聞カシメズ。谷ヲ出デテ来タル時、妙文《めうもん》ニ過ギタリ。

鶯の若い雄鳥はまだ囀《さえず》りを人に聴かせようとはしないが、谷を出る頃には、「法華経＝ホーホケキョー」とその妙文《みょうもん》を聴かせることができるとうたったもの。これも『詩経』少雅・伐木に拠った詩で、この時のことは『日本紀略』の昌泰二年（八九九）の正月三日の記事にも見える。

*内宴は、道真にとって己の詩の技量を世に知らしめる絶好の機会であったのであろう。そうした春の内宴で詠んだ詩に「鶯」が頻出していることが分かる。「鶯」は道真自身に重ね合わせて意識され、記憶の中で一層輝かしさを帯びたものとなっていたのではあるまいか。

*鶯児敢ヘテ人ヲシテ…―菅家文草・巻六「早春内宴ニ清涼殿ニ侍リテ同ジク鶯谷ヨリ出ヅルトイフコトヲ賦ス」。

*内宴―毎年一月二十日または中の子の日に天皇が催す内々の節会、文章博士ら文人が詩を賦した。一月以外にも行われた。

道真はその後大宰府に流され、そのまま非業《ひごう》の死を遂《と》げることになるが、大宰府でも鶯を詠むことを忘れてはいない。ただしそれは悲しい詩だ。『菅家後集』に載る七言絶句。

郭《かく》ノ西、路ノ北、売人ノ声。柳モ無ク花モ無ク、鶯ヲモ聴カズ。春ニ入リテヨリ来《このかた》五十日、未ダ一事ノ春ノ情ヲ動カスコトヲ知ラズ。

死の前年延喜《えんぎ》二年（九〇二）二月十九日の詠《えい》である。道真が住まっていた大宰府の一郭から行商人の声が響く。しかしもう二月十九日というのに、芽吹く青柳もなければ桜も梅もない。その上鶯の声もないという。正月がきてからもう五十日もたつ。それなのにここ大宰府では何一つとして道真を感動させる春の情景はないという絶望的で救いようのない状況が語られている。鶯を正面きって描いているわけではないが、ただあえて「聴カズ」と表現することで、鶯へのあくなき渇望《かつぼう》を逆説的に語ったのであろう。道真の鶯の声への思い入れが並々ならぬものであったことがよく分かる詩である。

冒頭の和歌はいつ頃詠んだものかはっきりしないが、こうした道真の鶯に対する深い思い入れを背景に読むと、胸迫るものがあるのではなかろうか。鶯はついに谷から出なかったのである。

＊郭ノ西路ノ北……—菅家後集「二月十九日」とある詩の全文。

11

降る雪に色まどはせる梅の花鶯のみや分《わ》きて偲《しの》ばん

【出典】新古今和歌集・雑上・一四四一

雪が降るにつれて、梅の花は雪の色に溶け込んで区別が出来なくなっている。しかし鶯だけは梅を見分けて懐かしく賞美するのであろうか。

【詞書】鶯を。

【語釈】○降る雪―世の中を濁らせる小人を暗示した語。○色まどはせる―色を見分けにくくしている。○鶯―ここは賢者の比喩。○偲ばん―「偲ぶ」は慕う。

前歌に続いて『新古今集』に並ぶ一首。白梅の上に白い雪が降り積もってどこに梅があるか見分けにくいが、鶯だけはちゃんと見分けてやって来るという意で、歌意は分かりやすい。春の部でなく雑《ぞう》の部に載ることから、季吟《きぎん》の『八代集抄』*が「愚案、この歌も下心、梅を君子に喩へ、雪を小人に比して、小人君子を暗まして世に顕さず、もし賢者ありて見知り顕さばこそあらめ、世に知る者なしとの御述懐なるべし」とするように、寓意《ぐうい》を読み取る説

＊八代集抄―05の脚注参照。

が多い。しかし道真の時代にあっては、そう簡単ではなかった。

実は白雪の白についてはうるさい問題があった。『*孟子《もうし》』告子章句上に見える「羽ノ白キヲ白トスルハ、猶《なほ》雪ノ白キヲ白トスルガ如ク、雪ノ白キヲ白トスルハ猶《なほ》玉ノ白キヲ白シトスルガ如キカ」とある言葉である。従来の解釈では孟子の詭弁《きべん》とされてきたが、五世紀の*謝恵連《しやけいれん》の『雪賦《せつぷ》』(文選所収)の最後のまとめでは「白羽白シト雖《いへど》モ質ハ以テ軽シ。白玉白シト雖モ空シク貞《てい》ヲ守ル」とされた。さらに『*文選《もんぜん》』李善《りぜん》注はこれを引いた上で「孟子以為《おもへら》ク、白羽ノ白ハ性軽シ。白雪ノ性ハ消ユ。白玉ノ性ハ堅キナリ。倶《とも》ニ白シト雖《いへど》モソノ性同ジカラズ」としている。『雪賦』は白雪の性について触れなかったが、白雪の性を「消ユ」としたこの李善注は注意される。

ひょっとしたら道真は、「白梅」は消えないが「白雪」は消えるというこの李善注に依拠《いきよ》して右の歌を作ったのではあるまいか。言い換えれば、道真は「性ハ消ユ」とされた白雪の運命の方に自らの定めを重ねていたとみることができないか。その場合、「白梅」は賢臣ではなく、逆にいつの世も世にはびこる小人を指すことになるだろう。鶯はそうした小人の方に引き寄せられ、自分は雪*のように消えるのみなのである。

＊孟子―戦国時代の魯《ろ》の孟軻《もうか》(孟子)の儒教の書十四巻。四書の一つで性善説に基づく仁義や王道を説く。告子が「生は性のことだ」と規定し、鳥の羽の白さは雪の白と同じであり、雪の白さは玉の白さと同じだと主張したので、孟子は「それでは犬の性は牛の性と同じで、牛の性は人間の性と同じになるな」とからかったというもの。

＊謝恵連―南朝宋の詩人(三九七―四三三)。書画に巧みで十歳で文を作った。

＊文選―04の脚注参照。初唐の学者李善が注釈を施した六十巻は日本に古くから渡来し、大学でも講ぜられた。

＊雪のように消える―あるいは道真は、文選の白玉の「空シク貞ヲ守ル」という規定に自らと共通するものを見ていたかもしれない。

12

道のべの朽木《くちき》の柳春くればあはれ昔と偲《しの》ばれぞする

【出典】新古今和歌集・雑上・一四四九

道の辺に植わっている枯れかかった柳も、昔は春が来ればさぞ青々と美しい葉をつけたのであろうと哀れぶかく思われることよ。

路傍《ろぼう》に朽ち果てた柳の老木に自己の姿を重ね合わせた歌。「あはれ昔」と言うところに、みずからの復活を希求する道真の悲しい願望が投影されているのだろう。そうみることは自然で、細川幽斎《ゆうさい》の『*新古今和歌集聞書』にも「道のべ」は配所《はいしょ》を表すと取り、「左遷の心」とか「朽木の柳をもちて御身をかへりみたる御歌なり」といった道真の人生に重ねる解釈が施されている。

道のべとは、道ばた、道のほとりという意だが、*王昌齢《おうしょうれい》の詩に「忽チ見

【詞書】柳を。

【語釈】○朽木の柳—枯れ細った柳の木。道真自身の喩。

*新古今和歌集聞書—東常縁が注を付けた二百首に幽斎が四百十六首を増補した注。

*王昌齢—唐の長安の人（六九八

ル陌頭《はくとう》楊柳ノ色」とあるように、漢語では畦道《あぜみち》や街路を意味する「陌上《はくじょう》」や「陌頭《はくとう》」に相当する語であった。柳は土固めの土木用資財として堤防*などによく植えられた木であり、『*催馬楽《さいばら》』の「大路」という歌謡には「大路に沿ひて上れる青柳が花や、青柳が花や、青柳が撓《しな》ひを見れば今盛りなりや、今盛りなりや」という歌詞が見える。朱雀門《すざくもん》から羅城門《らじょうもん》まで南北に通じる都大路に沿った道筋に植わった青柳の葉を花に見立て、その盛りの様子を讃えたものだが、道真の脳裏にもこうした光景があったのかもしれない。

柳は春の謳歌を象徴する植物であった。しかし道真は、一方で、

*早ク衰フル蒲柳《かばやなぎ》ハ、同じく顧《かへり》ミルト雖《いへど》モ、初メテ見ル春秋ハ已《すで》ニ潘《はん》ヲ過ギタリ。

ともうたう。「潘《はん》ヲ過グ」とは、中国晋代《しんだい》の詩人*潘岳《はんがく》の詩に「*余春秋三十二ニシテ初メテ二毛《にもう》ヲ見ル」とあることに拠る。潘岳が三十二歳で「二毛」すなわち白髪を見たというのに、自分はとっくにその潘岳の年齢を越えてしまったと歎いた詩である。ただ右の歌では昔の盛んな柳を「あはれ昔と」と回想するが、一方で萌え出る柳の生命は、この詩のように逆に現在の悲惨さをより印象づけるものとしても働いていると言わざるを得ないだろう。

—七五五)。七言絶句に優れていた。「閨怨」の一句。

*堤防などに—律令の営繕令に「凡ソ堤の内外併セテ堤ノ上ニハ多ク楡《やまにれ》、柳、雑《くさぐさ》ノ樹ヲ植ヱテ堤堰ノ用ニ充《あ》テヨ」と見える。

*催馬楽—平安時代に唐楽仕立てにして宮廷で演じた民間の風俗歌謡。

*早ク衰フル蒲柳ハ……—菅家文草・巻四「白毛歎」中の句。

*潘岳—晋代の詩人潘安心。

*余春秋三十二ニシテ……—潘岳の詩「秋興賦」の序文。「二毛」とは白と黒の髪の毛。

13

足引《あしひ》きのこなたかなたに道はあれど都《みやこ》へいざと言ふ人ぞなき

【出典】新古今和歌集・雑下・一六九〇

山のあちらにもこちらにも行く道はあるが、「都へ、さあ帰ろう」と言ってくれる人はいない。

【詞書】山。

【語釈】○足引きの―「山」にかかる枕詞。ここは山自体を指す。○こなたかなたに―此方彼方《こなたかなた》に。「白雲のこなたかなたに立ち別れ…」(古今集・離別・三七九)。○いざ―「いざ行かむ」の略。

大宰府へ赴《おもむ》く途上で詠んだ歌。振り返ってみれば、これまでにもさまざまな道があり、多くの山を越えてきたはずだが、それらの中には都へ帰る道もあったに違いない、いやあってほしかった。しかし、誰も自分の帰還《きかん》についてて口添えする者はいなかった。道真は孤独と絶望の淵に突き落とされながら配所へと進むほかなかった。

道真はその漢詩の中でもこの「道」についてうたっている。たとえば巻一のある詩では、河内権守藤原某に所懐《しょかい》を述べて次のようにうたう。

　*譜《ふ》ヲ案ズルニ江流《こうりゅう》親シミ隔テズ。門ヲ同ジクシテ孔聖《こうせい》道欺《あざむ》ク事ナシ。

系譜を繙《ひもと》いてみると、君も大江氏の生まれであって菅原氏の私とは同じ一族であり、親しみを感じる。共に*橘侍郎《きつじろう》の弟子であり、聖人孔子の道を欺くことなく正しく進んでいる身だというのである。ここでは「道」とは有るべき道、進むべき道の意で用いられている。また巻三の中には、同様に、友人に向かって、次のように告げた「道」もある。

　*道遠キニ因《よ》リテ孤立スト称スルコト莫《なか》レ。

遠く離れているからといって、君は自分が独りであると嘆いてはならないというのである。道真はこのように、「道」に「道」以上の意味を籠め、あるべき道という意味で言うことが多い。別の詩で、

　*詩人亦《また》歎ク、道ノ荒蕪《くわうぶ》スルコトヲ。

とうたうのもそうである。とすれば、右の歌の中の「道」も、ある種の寓意を籠めて言っているとみても牽強付《けんきょうふ》会《かい》とはいえまい。しかしその「道」は今や遠いところに失われてしまった。都への道とは、道真の心にあった「聖なる道」という永遠の幻の象徴だったのかもしれない。

＊譜ヲ案ズルニ…—菅家文草・巻一「河州《かしゅう》ノ藤《とう》員外ノ刺史《しし》ニ謁ス。聊《いささ》カニ懐《おも》フ所ヲ叙シテ敬《つつし》ミテ以テ呈シ奉ル」の一節。

＊橘侍郎—平安初期の漢学者橘広相《ひろみ》。道真の父是善《これよし》に漢学を学び、東宮学士・文章《もんじょう》博士を歴任、「阿衡《あこう》の変」の元となった書を建白した。08に既出。

＊道遠キニ因リテ…—菅家文草・巻三「近曾《ちかごろ》京城ヨリ州ニ至レル者アリ…」の詩序。巨勢《こせ》文雄からの詩に応えたもの。

＊詩人亦歎ク…—菅家後集「野大夫ヲ傷ム」。小野備材の死をうたった詩。

14

天《あま》の原あかねさし出づる光にはいづれの沼《ぬま》か冴《さ》え残るべき

【出典】新古今和歌集・雑下・一六九一

茜《あかね》色に染まりながら大空に射してくる日の光を浴びて、一体どの沼が凍りついたまま残るはずがあろうか、いやありえない。

どんなに凍《い》てついた沼の氷も天上からの光には溶ける春が来るという、や道歌《どうか》めいた内容の歌である。この歌でも、「光」が天皇の威光の喩《ゆ》であり「沼」が臣下の喩、つまりは自分を暗示したものであると置き換えることができる。季節は真冬、その冬の最中《さなか》にあって来たるべき春の到来を自己に言い聞かせているようなこの口吻《こうふん》には切ないものがある。

十四歳という早い頃の道真の詩に「臘月《ろうげつ》ニ独リ興ズ」という七言律詩があ

【詞書】日。

【語釈】○あかねさし―「あかね」はやや黒みがかった赤色で「茜」を当てる。朝日や夕日の色を指す。

＊臘月ニ独リ興ズ―菅家文草・巻一に載る詩。原詩は次の

る。「臘月」とは年の暮れの意で十二月、季節は真冬である。懸命の詩作に励む少年の息遣いのようなものが感じられる詩で、今残る道真の詩では第二作目に当たり、その早熟の度がよく分かる。全文を意訳してあげてみる。

冬の暦日《れきじつ》も残りが少なくなってきて、勉学の時間がどんどん過ぎるのをいくら歎いても歎ききれない。だが一方で春の到来が遠からざることを嬉しくも思う。冬も尽きようとしているが、その寒い日光は、春になるまで一体何カ所で休憩を取るだろうか。春の温かい天候がやってくるのも間もなくであろうが、誰の家に宿を取るのであろうか。結氷して浪も立たない水面、降雪して花咲くがごとき林の畔《ほと》り。学業に励みもしないで、書斎の窓の下で歳月を過ごすことはなんとも遺憾なことだ。

少年にとって春の到来は必ずしも喜びではない。勉学の時間がそれだけ少なくなるからだという。恐れ入った心境だが、この詩にいう「尽キント欲スル寒光」は右の歌の「あかねさし出づる光」に、「水面」は「沼」に見事に投影しているように思われる。配流された先で道真は、幼い頃作った自分のこの詩を反芻《はんすう》していたのではなかったか。そして反芻すればするほど、現在の救いがたい苦《にが》さがまた際立ったに違いない。

とおり。玄冬律《りつ》迫リテ正《まさ》ニ嗟《なげ》クニ堪ヘタリ。還《かへ》リテ喜ブ春ニ向ヒテ敢《あ》ヘテ賒《はるか》ナラザルコトヲ。尽キント欲スル寒光ハ幾バクノ処ニカ休マン。将《まさ》ニ来タリナムトスル暖気《だんき》ハ誰《た》ガ家ニカ宿ラム。氷ハ水面ヲ封ジテ開クニ浪ナシ。雪ハ林頭ニ点ジテ見ルニ花アリ。恨《うら》ムベシ未ダ学業ニ勤ムルコト知ラズシテ、書斎ノ窓ノ下ニ年華ヲ過サムコトヲ。

15

月ごとに流ると思ひします鏡《かがみ》西の空にも止《と》まらざりけり

【出典】新古今和歌集・雑下・一六九二

月が出るたびに西へ向かって流れると思った真澄の鏡の月は、西の空にも留まらずに再び東から出るようだ。

【詞書】月。

【語釈】○ます鏡―真澄《ますみ》の鏡のことで、後世は「増鏡」と書かれた。自分を喩えたものか。○西の空にも止まらざりけり―天を回って月がもとの東の空に出るように、再び都に戻れることを期待

前歌に続く『新古今集』中の一首だが、難解な歌である。なぜ真澄の月は西の空に残らないのか、口語訳を読んでも我々にはすぐ意味が通じない。

この歌の理解を助けるものに、「秋月ニ問フ」と「月ニ代リテ答フ」という道真の連作詩があり、多少のヒントを与えてくれる。最初の「秋月ニ問フ」については、すでに季吟の『八代集抄*』が指摘しているが、それは『菅家後集』に載る次のような七絶詩である。全文を掲げる。

*春ヲ度《わた》リ夏ヲ度《わた》リ、只今ノ秋。鏡ノ如ク環《たまき》ノ如クニシテ本《もと》コレ鈎《つりばり》ナリ。
為《かるがゆゑ》ニ問フ、未ダ曽《かつ》テ終始ヲ告ゲザリシコトヲ。浮雲ニ掩《おほ》ハレテ西ニ向ヒテ流ル。

「春ヲ度《わた》リ夏ヲ度《わた》リ只今ノ秋」は右の歌の「月ごとに流る」に、「鏡ノ如ク環《たまき》ノ如ク」は「ます鏡」に、「西ニ向ヒテ流ル」が「西の空にも止まらざりけり」と見事に対応していることが分かる。意味は、「月よ、お前は春を経過し夏を経過し、今は秋に到着した。お前は鏡のようにすべてを映し出し、輪環《りんかん》のように丸く輝いているが、もともとは釣鉤《つりばり》のように細いものである。だから問うのだ、月よ、お前はなぜ循環して止まらぬことを告げないのだ。黙って浮雲に覆われながら西の空に向かって流されて行くのはどうしたことなのかと」といったところであろうか。あてどなく流れていく秋の月に流離《りゅうり》の定めを余儀なくされた自分の姿を二重映しに描いているのである。故郷に帰るすべのない道真の、流されていく立場での悲しみがこの上なく雄弁に述べられていることが分かる。

「月ニ代リテ答フ」はこの「秋月ニ問フ」の呼び掛けに応えた詩。

*蓂発《めいひら》キ桂《かつら》香《かぐは》シクシテ半《なか》バ且《まさ》ニ円《まどか》ナラントス。三千世界一周《ひとめぐり》スル天。

するという意か。

*八代集抄が指摘している――この歌に加注し、「菅家御詩」としてこの詩の転句と結句を挙げている。

*春ヲ度リ夏ヲ度リ……――菅家後集「秋月ニ問フ」の詩。

*蓂発キ桂香シク……――菅家後集「月ニ代リテ答フ」の詩。

天玄鑑《げんかん》ヲ廻《めぐら》シテ、雲将《まさ》ニ霽《は》レントス。唯《ただ》コレ西ニ行ク左遷《させん》ニアラズ。

結句の「唯《ただ》コレ西ニ行ク左遷《させん》ニアラズ」は、やはり歌にいう「西の空にも止まらざりけり」に通うだろう。最初の「蓂《めい》」は蓂莢《めいきょう》の花。中国古代、堯の時代に庭に生えた瑞祥《ずいしょう》のある草で、一ヶ月の前半十五日までは葉が一枚ずつ生え、後半は一枚ずつ落葉するという。「桂」は月にあるという名木。「*玄鑑」は霊妙な鏡。大意は「蓂莢《めいきょう》の花が咲き桂の木が薫って、漸く月が半円になった。天は魔法の鏡を廻らし、蔽っている雲はなくなりつつある。月はその玄妙なる天の運行に従って西に行くだけのことで、左遷されて行くのではない」という程の意。「唯《ただ》コレ西ニ行ク左遷《させん》ニアラズ」と肩肘張って言っているが、実はそれだけ憤懣《ふんまん》やるかたなく、悲憤慷慨《ひふんこうがい》しているのであって、この口吻《こうふん》の裏に隠されているのは、やはり流謫《るたく》される者のやるせなさに違いない。

それにしてもみずから「左遷」というのはかなり異様と言わざるをえない。この「左遷」という語は他の詩にも二度ほど見えている。最初は『菅家文草』巻三に載る「北堂ノ餞《はなむけ》ノ宴……」の詩の起・承句、

*我将《まさ》ニ、南海ニ風煙《ふうえん》ニ飽《あ》カントス。更ニ妬《ねた》ム、他人ノ左遷ナリト道《い》ハムコトヲ。

*玄鑑―神仏の深遠に見そなわすという意もある。

*我将ニ南海ニ……―菅家文草・巻三「北堂ノ餞《はなむけ》ノ宴、各一字ヲ分カツ。探リテ遷《せん》ヲ得タリ」という詩。

仁和二年（八八六）、突然讃岐守《さぬきのかみ》に任命された道真は、なぜ自分がという当惑の情を隠せなかった。暫《しばら》く南海の風に吹かれて来ようと気負ってみても、他人が自分を都落ちだと誹謗中傷《ひぼうちゅうしょう》することが悔《くや》しくてならないという。この口惜しさは、この後に続く転句で、国司の仕事はわが菅原家の本来の生業ではないと言っていることを踏まえている。

次に「左遷」の語が見えるのは『菅家後集』「叙意一百韻」という五言詩。

*生涯定マレル地無シ。運命皇天《こうてん》ニ在リ。職豈《あ》ニ西府《さいふ》ヲ図《はか》リシヤ。名何《いか》ニゾ左遷ニ替《かは》レル。

大宰府謫居《たつきょ》に当たってのみずからの懊悩《おうのう》を述べた詩。結句の「名何《いか》ニゾ左遷ニ替レル」に眼目があり、*正三位《しょうさんみ》右大臣・右大将という自分の名がこの左遷によってどんな名にとって替わるというのかと無理に洒落ている。

道真の思いはほぼこれで明らかなのだが、とはいえ、「秋月ニ問フ」「月ニ代リテ答フ」の連作と、歌との違いにはなお注意される。詩では「西ニ向ヒテ流ル」ことをともかくも言祝《ことほ》いでいるが、歌ではその西の空にも「止まらざりけり」と言っている点だ。この懸隔《けんかく》は何を物語るものなのか。単に歌と詩の違いに帰着させてよいものか、問題はまだ残っているようである。

＊生涯定マレル地無シ……—菅家後集「叙意一百韻」。

＊正三位右大臣・右大将—道真が大宰府に流された時の官位と職。

16

山別《わか》れ飛び行く雲の帰り来る影《かげ》見るときはなほ頼まれぬ

【出典】新古今和歌集・雑下・一六九三

山に別れて飛んで行った雲が、再度帰ってくる姿を見ると、私もひょっとしたら都へ帰ることが出来るかと、ついつい当て頼みしてしまうよ。

【詞書】雲。

【語釈】○なほ―あいかわらず、やはりまた。

『新古今集』巻十八・雑下《ぞうげ》の巻頭には、道真の歌が「山」「日」「月」「雲」といった一字題のもとに十二首連続して並べられている。先の13からそうだったが、これはその四首め。いずれも天象や地象を題にしており、ある時一挙に作られた連作であったのであろう。勅撰集で同一人の歌が十二首も並ぶというのは前代未聞のことである。

雲に乗って故郷に帰りたいというテーマに託して自己の身の上を歎いたも

のだが、一旦去った雲がまた戻ってくると言うのはかなり苦しい。『大鏡』時平伝は「また、雲の浮きて漂ふを御覧じて」という前書きでこの歌を挙げ、「さりともと世を思《おぼ》し召されけるなるべし」という感想を書き付けている。都へ帰る日を反芻して止まない道真の絶望に深く同情してのことであろう。

「帰雲」というテーマは漢籍に多い。*白居易『白氏文集《はくしぶんしゅう》』の「遠行ヲ傷《いた》ム賦」と題する一首。楽天、貞元十五年（七九九）春の作。

*羽翼《うよく》以テ軽ク挙グルコト無ク、帰雲《きうん》ノ飛ビ揚《あ》グルコトヲ羨ム。

翼に乗ってさっさと帰ることが出来ないこの身は、雲が故郷の方へ飛んでいくのを見ると羨望《せんぼう》を感じざるをえないとうたう。*陶淵明《とうえんめい》もこれより早く、

*暮ニハ帰雲ノ宅ト作《な》シ、朝《あした》ニハ飛鳥ノ堂ト為ル。

という詩を残している。雲が流れ鳥が飛ぶ自邸の空を詠んだものであるが、「帰雲」の語に、故郷へ帰りたいという思いが滲《にじ》んでいる。

道真がこれらの詩に習ったことはほぼ確かである。前項で「秋月ニ問フ」「月ニ代リテ答フ」という道真自作の応答詩を見たが、そこで「浮雲ニ掩ハレテ西に向ヒテ流ル」とうたったように、雲に乗って帰るという*自由な境地は道真の見果てぬ夢であったようだ。

*白居易―01を参照。

*羽翼以テ軽ク挙グル……―白氏文集・二一「遠行ヲ傷ム賦」。

*陶淵明―東晋の詩人陶潜（三六五?―四二七）。五柳先生と自称する。酒と菊を愛したことで知られ、代表作に「帰去来《ききょらい》ノ辞」がある。

*暮ニハ帰雲ノ宅ト……―「古ニ擬ス九首」の第四詩。

*自由な境地―菅家文草・巻二「早春ノ内宴ニシテ仁寿殿ニ侍リテ、同ジク『春娃気力無シ』トイフコトヲ賦ス」に、雲を見て山中の神仙境への憧れをうたった「遥カニ微カナル雲ヲ望ミテ洞裏ニ帰ル」という詩句が見える。

17

霧《きり》立ちて照る日《ひ》の本《もと》は見えずとも身は惑《まど》はれじ寄るべありやと

【出典】新古今和歌集・雑下・一六九四

霧が立ちこめて、照っている日輪がどこにあるか見えなくても、私は惑わされるまい。頼みに出来るお方がどこかにいると信じて。

これも『新古今集』雑下巻頭中の一首。やはり左遷中のわが身をみずから励ましている歌である。霧が太陽を隠していても私を助けてくれる人がいるのだからじたばたはすまいという。おそらく「霧」は自分を陥《おとしい》れた人々を、「寄るべ」は「日の本」とある点からして帝《みかど》を暗示しているのであろう。

漢籍の世界では、霧は趣きのある風物ではなく、視界を遮る障害物として*意識されていたようだ。『芸文類聚《げいもんるいじゅう》』*には「爾雅《じが》ニ曰ク、地気発シ、天応ゼ

【詞書】霧。

【語釈】○日の本―通常は日本国を表すが、ここでは太陽を指す。○寄るべ―身を寄せるところ。

*視界を遮る…―『大鏡』道長（雑々物語）に「にはかに霧たち、世間もかい暗が

ザルヲ霧ト曰《い》フ。霧ハ之《これ》ヲ晦《かい》と謂《い》フ」、「曾子《そうじ》に曰ク、陰陽ノ気乱ルレバ則チ霧アリト」、「神仙伝ニ曰ク、……忽《たちま》チ一旦、天大イニ霧深ク、対座スルモ相見エズ」といった文章が見えている。

また日本の漢詩集でも「*夕鴛《せきゑん》、霧裏《むり》ニ迷フ。暁雁《げうがん》、雲垂《うんすい》ニ苦シブ」（石上《いそのかみの》乙麻呂《おとまろ》）、「*宝幢《ほうどう》雲日ヲ払ヒ、香刹烟霧《かうせつえんむ》ヲ干《をか》ス」（仲雄王《なかおおう》）、「*危磴巌頭《きとうがんとう》ニ霧ヲ払ヒテ通フ」（淳和天皇）、「*林ヲ払ヒテ霧ノ薄キカト疑ヒ、沼ニ飄《ひるがへ》リテ雨ノ軽キニ似タリ」（藤原関雄《せきお》）など、霧をマイナスイメージでうたう詩が多い。道真自身も『菅家文草』の中で、

*山家 暁霧《ぎようむ》ヲ侵《をか》ス。誰《たれ》カ幽《ふか》キ襟《ものおもひ》、湿《うる》ブコトヲ憚《はばか》ラム。

などと詠んでいる。明け方の霧が山荘を隠す様子を捉え、一層の物思いが霧でさらに濡れるとうたった憂愁に満ちた詩である。

こうした物を隠すものとしての霧が右の歌に投影していることは間違いないところ。帝の比喩と思われる日輪に対比して、恐らくは「霧」は自分を憎む人々を指していると思われる。結局この歌もこれまでの歌と同様、寓意性を背景に、大宰府時代の自分を歎いたものと取ることが出来る。「惑はれじ」などと強がりを言わざるをえないのもこれまでの歌と似ている。

りて侍りしに、東西もおぼえず、暮の往ぬるにやとおぼえて、藪の中に倒れ伏して、わななきまどひさぶらふほど……」とある。

*芸文類聚―唐の欧陽詢らが高祖帝の勅命によって編んだ詩文の佳句を集めた類例集。六四二年成立。

*夕鴛霧裏ニ迷フ……―懐風藻《かいふうそう》所収「旧識ニ贈ル」。夕鴛は夕方の鴛鴦《おしどり》。

*宝幢雲日ヲ払ヒ……―凌雲《りょううん》集《しゅう》所収「海上人ニ謁《えっ》ス」。宝幢は立派な旗。香刹は香りのある旗柱。

*危磴巌頭ニ霧ヲ払ヒテ……―文華《ぶんか》秀麗集所収「梵釈寺ニ扈従《こじゅう》ス」。危磴は急な坂道。

*林ヲ払ヒテ霧ノ薄キヲ……―経国《けいこく》集所収「詠塵ニ和シ奉ル」。

*山家暁霧ヲ侵ス……―菅家文草・巻二「薄霧」。

18

花と散り玉《たま》と見えつつ欺《あざむ》けば雪降る里ぞ夢に見えける

【出典】新古今和歌集・雑下・一六九五

雪は今、私のいるここ筑紫の地で花と散り玉と見えてなお私の目を欺《あざむ》く。それで欺きついでに、雪の降る京の都が夢に見えたのだな。

【詞書】雪。

【語釈】○雪降る里―「降る里」に「故郷」を掛ける。

これも十二首中の一首。「雪」を「花」や「玉」に見立て、雪が「降る」から「故郷」を導きだし、故郷の都が夢に見えたという、道真には珍しく色々な素材を並べた歌である。「欺けば」と規定条件で言っているから、夢もまた雪が欺いたうちの一つなのであろう。結局故郷への帰還も夢であったというのである。

ところでこの歌にもまた道歌めいた印象がつきまとっている。加藤盤斎《ばんさい》*の

*加藤盤斎―松永貞徳の弟子の江戸時代初期の和学者

『新古今増抄』は「欺くとは、雪が真《まこと》の花・玉に持てなして花・玉と見ゆるをいふ。下心《したのこころ》は、時の大臣などの君を欺き偽《いつは》るに喩へたり」と言い、季吟『八代集抄』は「下心は、雪は佞人《ねいじん》・讒者《ざんしゃ》に比して*言を好し色を令して君王に諂《へつら》ひ偽《いつは》るらん、さていかに万人の愁へ、国の費《つひ》へをなすらんと、都を思《おぼ》し召しやらるるとなり。実《まこと》に忠臣の御心にや」とさらに意を尽くして述べている。雪が花や玉を欺くとあることから、こういう寓意が説かれるのは当然といえば当然であろう。

これらの旧注が好んでいう、雪を「佞人・讒者」と見なすような発想はもともと中国にあった。

先にも11で引用した*『文選《もんぜん》』所収の*謝恵連の「雪賦」は、雪について「既ニ方《ほう》ニ因リテ珪《けい》ヲ為シ、亦円《えん》ニ遇ヒテ璧《へき》ヲ成ス」と言う。雪が「方」（四角い物）に降ると四角い珪《けい》になり、円い物に降ると円い璧玉のようになるという性質を捉え、融通無碍《ゆうずうむげ》である雪の側面を詠じたもの。道真の右の歌は、従来はこの「雪賦」の言説を踏まえたのであろうとされてきた。

しかし、これは、やはり11で触れた*『孟子』告子章句上に載せる孟子と告子との対話「羽ノ白キヲ白トスルハ、猶《なほ》雪ノ白キヲ白シトスルガ如ク、雪ノ

（一六二五—一七〇四）。新古今増抄は寛文二年（一六六二）成立。

＊言を好し色を令して…—「巧言令色鮮なし仁」の成語を訓じたもの。

＊文選—04脚注参照。

＊謝恵連—11脚注参照。

＊孟子—11脚注参照。

白キヲ白トスルハ猶玉ノ白キヲ白シトスルガ如キカ」によると見るのが自然ではないだろうか。道真の歌とは「雪の白さ」「玉の白さ」が共通しているし、謝恵連の例がいわば器によって雪がどのような形にでも変化すると説くのに対し、雪の白さが「花」や「玉」と欺くとうたうこの歌により見合っていると思われるからである。11の歌がこれを踏まえたものとすれば、道真の脳裏にはこの孟子の比喩が強く刻印されていた可能性の方が強い。

道真は配所にあって当然雪の詩を詠んでいるが、この歌にからんで注目されるのは、「東山ノ小雪」と題された次の五言律詩であろうか。

雪ハ白シ初冬ノ晩《ゆふべ》*。山ハ青シ反照ノ前。
雲ハ独リ磵《たに》ニ宿ルカト誤ツ。鶴ハ未ダ田ニ帰ラザルカト疑フ。
行キテ看《み》テ賞《め》デムコトヲ放《ゆる》サレズ。端無《あぢきな》ク坐《ゐ》テ望ミテ憐レム。
客ノ魂ハ消滅シ易《やす》シ。境《をり》ニ遇ヒテ独リ依然タリ。

大宰府で初めての冬を迎え、降雪を望見して作った作品である。題に言う「東山」とは大宰府に東に見える山を指しているが、当然ながら京都の東山が意識されていたはずである。遠くの雪の白さと沈む山の緑、忍び寄る暗闇と夕日の残照。谷間に白雲が立ち込めたかと思って見てみると、白雪だっ

*雪ハ白シ初冬ノ晩……——菅家後集「東山ノ小雪」中の句。

た。鶴が田んぼに戻らないでいるのかと疑って見ると、白雪だった。しかし他出して山の雪を愛《め》でることは許されていない、ただ茫然と部屋に坐して遠くから見るほかない身である。「客ノ魂」とはもちろん道真自身の魂。すぐに消えてしまいそうで、独り孤独の身を養っているのみという。

この詩で目を引くのは、「雲ハ独リ」と「境ニ遇ヒテ独リ」と二度も「独リ」の語を挟んでいることであろうか。雪の孤独と道真の孤独はこの場合閑《しず》かに向かい合っているのである。

冒頭の歌に戻るなら、道真に故郷の夢を欺かせた雪は、この詩に見える「誤ツ」と「疑フ」の二語の延長上にあると言ってよいだろう。そして我々は、都の「佞人《ねいじん》」「讒者《ざんしゃ》」に憤りをたぎらせる道真の姿を思い描くよりも、辺境の小屋に独り坐して都の妻子のことを想う道真の背中を思い浮かべる方がこの歌や詩にはよりふさわしいとみるべきなのであろう。

19

老《お》いぬとて松は緑ぞまさりけるわが黒髪《くろかみ》の雪の深さに

【出典】新古今和歌集・雑下・一六九六

老いたりといえども松は青々とした緑を一層濃くしていることだ。それに比べ、わが黒髪は雪のように白くなって寒々としていることよ。

緑の色を濃くした老松を見て、自分の髪が白くなっていることに気づいて愕然《がくぜん》とした思いをうたう。歌の意は明確であろう。常緑樹の松は長寿の象徴とされるが、その松の生命力とみずからの衰亡《すいぼう》とを対照して描き、自身が迎えた運命の拙《つたな》さを切実に歎いたのである。

道真がこの歌を詠んだとき、その脳裏に『論語』[*]子罕《しこう》篇にある「子曰く、歳《とし》寒クシテ然《しか》ル後《のち》ニ松柏《しょうはく》ノ彫《しぼ》ムニ後《おく》ルルヲ知ル」という文言や、『白氏文《はくしぶん》

【詞書】松。

【語釈】○雪―白髪を見立てた表現。

＊論語子罕篇―孔子の弟子子罕と孔子との問答を記す。

集《しゆう》』巻四の「*澗底《かんてい》ノ松」の一節「松有リ、百尺《ひやくせき》大キサ十圍《じふゐ》、生ジテ澗底ニ在リ、寒ク且《か》ツ卑《ひく》シ」が浮かんでいたとしても突飛な連想ではあるまい。『白氏文集』には同じく「*歳暮満山ノ雪、松色ハ鬱《うつ》トシテ青蒼《せいそう》タリ」という句もあるが、雪と松の緑と対照させた点で、道真の歌に似たものがある。

　ところで『新古今集』には、この歌に類似した表現を持つ歌がもう一首見える。「渚《なぎさ》の松といふことを」という詞書で載る源*順《したごう》の、

　老*いにける渚の松の深緑《ふかみどり》沈める影をよそにやは見る

という歌である。作者は源順となっているが、順の家集などからすると実際の作者は源*為憲《ためのり》であるらしい。『八代集抄』によれば、これは「松老いて、水に影沈めるを、我老いて官位浅く、沈淪《ちんりん》せしに思ひ合はすとなり」、つまり水没した松とみずからの定めを重ね合わせて詠じた歌であった。緑は六位*が着る朝服の色だから、為憲は松の深緑に自己の官位の停滞の長さを重ねて詠んだのである。老いとの対比をうたった道真の歌とは異なるが、比較の対照に松を出した点では同じだ。もっとも道真が「白髪」ではなく「わが黒髪」とわざわざ言ったのは、若々しい頃の自分への憧憬《しようけい》であろうか。そうとすれば、ここには道真の多少の気取りが秘められていることになる。

*澗底ノ松―白氏文集・一五一。「澗底」は谷底。題詞に「寒雋《かんしゆん》ヲ念《おも》フナリ」と自注があり、雋は俊と同義で、俊才が貧賤に陥るのを憐れむ意という。

*歳暮満山ノ雪…―白氏文集・巻二「松樹ニ和ス詩」。

*源順―平安中期の歌人・漢詩人（九一一―九八三）。倭名類聚抄という国語辞典を編み、梨壺の五人としても活躍した。

*老いにける…―新古今集・雑下・一七〇九・順。

*源為憲―源順の弟子（？―一〇一一）。口遊《くちずさみ》・三宝絵詞・世俗諺文《げんぶん》などの著がある。

*六位が着る朝服―源氏物語・少女《おとめ》に六位のことを夕霧が詠んだ歌に「紅の涙に深き袖の色を浅緑にや言ひ萎《しを》るべき」とあり、また八雲御抄にも六位を「ミドリの袖」という記述がある。

20

筑紫《つくし》にも紫生《むらさきお》ふる野辺はあれど無き名悲しぶ人ぞ聞《きこ》えぬ

【出典】新古今和歌集・雑下・一六九七

筑紫の野にも紫草の生える野原はあるけれども、私の無実の罪を悲しむその縁《ゆかり》の人々の声は聞こえないことよ。

【詞書】野。

【語釈】○紫―紫草。日当たりのよい草地に自生する。根を乾燥させて皮膚病の薬にするほか、紫の染料にする。

紫草は『古今集』雑上に載る「紫の一本ゆゑに武蔵野の草はみながら哀れとぞ見る」*という読人知らずの歌によって知られるようになった。『古今集』にはこの歌のすぐ後に業平の「紫の色濃き時は芽も張るに野なる草木ぞ分かれざりける」*という『伊勢物語』にも載る歌が並んでおり、「縁《ゆかり》」を示す懐かしい花として一層有名になった。『源氏物語』の「紫のゆかり」のモチーフもこのことを基にしたものである。

＊紫の一本ゆゑに…―古今集・雑上・八六七・読人知らず。紫草が一本生えているだけ

道真が大宰府に流されたのは『古今集』以前であるが、紫草のことは知っていたのであろう。この歌にも武蔵野の紫草を意識した「縁」が詠み込まれている。この筑紫にも縁を示す紫草は生えているが、といって誰も私の無実を慰めてくれる者はいないと歎いたのである。

ところで『論語』陽貨篇には、「子《し》曰ク、紫ノ朱ヲ奪フヲ悪《にく》ム。鄭声《ていせい》ノ雅楽ヲ乱ルヲ悪ム。利口ノ邦家ヲ覆《くつがへ》ス者ヲ悪ム」とあり、『孟子』尽心下にもこれを承《う》けた「……紫ヲ悪ムハ、ソノ朱ヲ乱ルヲ恐ルルナリ」という言がある。中国では中間色の艶《つや》めかしい紫色が流行《はや》った。孔子や孟子は、伝統的な朱を圧倒し、鄭*の国の淫《みだ》らな音楽がもてはやされて正当な雅楽が衰え、利口者が国家の政治を覆すようになった風潮を批判し、為政者《いせいしゃ》が目を曇らされた結果、正しいものが邪悪なものの駆逐《くちく》される状況に非を唱えたのである。

この儒教の教えを右の歌に重ねてみると、道真の歌は紫草を懐かしむというより、紫草がこの九州の地にも跋扈《ばっこ》する現実を見据え、誰からも相手にされずに正当な朱に価値を見出そうとする儒教の大義の方をより重んじようとする道真の姿勢を反映したものでなかったのか。そこに道真の孤高のあり方が透けて見えているのではないかとも思われてくるのである。

で、武蔵野にあるすべての草が懐かしく思われることだ。「みながら」は全部という意。

＊紫の色濃き時は……—詞書に、妻の妹と結婚している人に袍《ほう》の綿入れを贈ると言って詠んだ歌とある。紫草が濃く咲く時は見渡す限り見える草木がすべて平等に等しく思われるという歌。妻の縁に繋がる人は皆愛しいという意。「芽も張る」に「目も遥《はる》」を掛ける。

＊鄭の国—この国の音楽はみだらで人倫を乱すといわれている。衛霊公篇にも出る。

21

刈萱《かるかや》の関守《せきもり》にのみ見えつるは人も許さぬ道辺《みちべ》なりけり

【出典】新古今和歌集・雑下・一六九八

まるで刈萱の関所の厳しい番人だとばかり見えていたのは、人が私の自由な行き来を許さないわが配流の道であったことよ。

【詞書】道。

【語釈】○刈萱の関―大宰府町坂本にあったという関所。筑前国の歌枕。

ちょっと意味が取りにくい歌だ。道が関守のように見えたというのはそうそう聞く話ではない。

この歌のヒントになるものは、『菅家後集』の太宰府左遷以後の詩であることを示す「昌泰四年」（九〇一）の年紀の後に付された「途《みち》ニ在リテ明石《あかし》ノ駅亭ニ到ル。駅亭ノ長《をさ》見テ驚ク。『駅長驚クコト莫《な》カレ、時ノ変改《へんかい》。一栄一落ハ是レ春秋』。コノ詩ハ或ル僧侶ノ書《ふみ》ノ中ニ在リ。真偽ヲ知ラズ。然《しか》レドモ

＊後人による注記―貞享四年の板本の昌泰四年の条にある。

後ノ為ニ書キ付クル所ナリ」という後人*による注記である。途中にある『駅長驚クコト莫カレ……』の詩は道真がこの時詠んだ詩である。

『大鏡』時平伝は、この注記の原拠《げんきよ》と思われる話を「明石の駅《うまや》といふ所に御宿りせしめ給ひて、駅の長《をさ》のいみじく思へる気色《けしき》を御覧じて作らしめ給ふ詩、いと悲し」と伝えている。『源氏物語』須磨巻に「駅の長に口詩《くし》*とらする人」とあるのも道真のこの詩のことを指したものである。

これは明石の駅での出来事であって、刈萱の関での話ではない。ただ配流《はいる》先に移送される途上で役人に呼び掛けるという点では共通していると思われる。太宰府に一歩一歩近づくたびに、道真の目には前途に延びる道が自分を待ち構えている恐ろしい刈萱の関所のように見えたのであろう。ああ刈萱の関所か刈萱の関所かとばかり思ってここまで辿《たど》ってきた道のりが脳裏に強烈に焼き付いていたのであろう。そう解釈しなければ、この歌は理解できない。

実は刈萱には忘れ草*という異名があり、道真もその詩の中で「*憂ヘヲ忘レムト萱《かや》ヲ帯ブルコトヲ陪《ま》サム」と詠んでいるが、あるいはこの刈萱の関の名に掛けて、暗い思い出ばかりでなく、流浪する自己の運命をできたら忘れ去りたいという密《ひそ》かな願望も籠めていたのであろうか。

*口詩―原文「くし」。源氏の注釈書河海抄に「くしとは口詩なり。物にも書き付けずして口に言ふなり。…或ヒハ曰く、句詩。四韻絶句にはあらで、一句の詩なり」とある。

*忘れ草という異名―「萱草憂ヘヲ忘ル」(文選・嵆康「養生論」)、「毛萇詩伝ニ曰ク、萱草人ヲシテ憂ヘヲ忘レシム」(文選李善注)。

*憂ヘヲ忘レムト萱ヲ帯ブルコトヲ陪サム―菅家文草・巻四「白菊ニ寄ス四十韻」。

【補説】後の宗祇も『筑紫道《つくしみちの》記《き》』の中でこの刈萱の関所の番人について触れている。「刈萱の関に掛かる程に、関守立ち出でてわが行く末を怪しげに見るも恐ろし。数ならぬ身をいかにもと、言問はばいかなる名にか刈萱の宿」。

22

海ならず湛《たた》へる水の底までも清き心は月ぞ照らさん

【出典】新古今和歌集・雑下・一六九九

海どころではなくもっと深々と湛えている水の底の底まで疚《やま》しさの一点もない私の心は、他の誰でもなく月だけが照らしてくれることだろう。

大海よりも深く湛えた水底には光は届かない。しかし誰も知らないその底にある清廉《せいれん》潔白な私の心を、一人「月」のみは照らし出すであろうとうたう。『大鏡』時平伝は「月の明かき夜」としてこの歌を掲出し、「これ、いと賢く遊ばしたりかし。げに月日こそは照らし給はめとこそはあめれ」と洩らし、延慶本《えんぎょう》『平家物語』も「さりともと世を思《おぼ》し召しけるなるべし。月の明らかなりける夜」と前書きしてこの歌を掲げている。両者とも、月の明る

＊さりともと世を―延慶本平家物語・巻四「安楽寺由来ノ事、付霊験夢想ノ事」。

い夜にこの歌が詠まれたと見ていることが大事だ。
道真は夜空を見上げていた。大空に懸《か》かるどこまでも澄明《ちょうめい》な月に見入っているとき、あの月だけは私の心を知っているとふとこみ上げてきた思いなのであろう。あるいは月の背後に遠い醍醐《だいご》天皇の存在を想い浮かべたのかもしれない。
ところで、月の清澄《せいちょう》さをうたった中国の詩に、『白氏文集』巻二十「江楼夕望客ヲ招ク」の「*風ハ古木ヲ吹ク晴天ノ雨、月ハ平沙《へいさ》ヲ照ラス夏夜ノ霜」という詩句がある。後半は月光の白さを霜に見立てた句で、「平沙」は真っ平らな砂丘。また同書巻五十四の「舟ニテ夜琴ヲ援《ひ》ク」の詩には「鳥棲ミテ魚動カズ、月照ラシ夜江深シ」という詩句もある。この「夜江深シ」の「深シ」について清《しん》の*何焯《かしゃく》『義門読書記』は「深字ハ妙タリ」と絶賛するが、その通りであろう。いずれもどこまでも澄む月の透明の明るさを髣髴《ほうふつ》とさせる詩である。道真が*これらの詩を知悉《ちしつ》していたことはおそらく間違いない。
初句の「海ならず」は「私は海ではないけれど」という意に解釈することも出来ようが、夜空高く澄む月に対しているのだから、その距離に見合った「海よりももっと深い水底」という解でよいのだろうと思う。

*風ハ古木ヲ吹ク晴天ノ雨―この詩句は大江維時《これとき》の『千載佳句』や藤原公任の『和漢朗詠集』夏夜にも引かれ、また大江千里『句題和歌』には「月影になべて真砂の照りぬれば夏の夜深く霜かとぞ見る」の歌に翻訳されて載る。

*何焯―清の康熙帝時代の学者。『義門読書記』五十八巻は古来の書を校訂集成したもの。

*これらの詩を知悉していた―道真が関与した『新撰万葉集』巻下・夏の「夏の夜の松葉もそよに吹く風はいつしか雨の音に異なる」は、右の楽天の「風ハ古木ヲ吹ク晴天ノ雨」に拠るものと見られる。

23

流れ木《ぎ》と立つ白波《しらなみ》と焼く塩といづれか辛《から》きわたつみの底《そこ》

【出典】新古今和歌集・雑下・一七〇一

あてどなく漂う流木と、海の面《おもて》に立つ白波と、海水を焼いて作る塩と、どれが最も辛《から》いのだろうか。大海の底にいる私に比べて。

「流れ木」「白波」「塩」と海にちなむ三つのものを挙げて、辛《から》さの優劣を物尽《ものづ》くしのように問う類例のない歌である。「わたつみの底」にいるものはもちろん自分であろう。「流されたる身に喩へ給へり」（新古今増抄*）、「流人《るにん》の御身にそへさせ給ふなるべし」（八代集抄）と諸注にはある。自分の辛《つら》さを自嘲的《じちょうてき》に自問自答しているのであって、別に答えは必要としない。

物尽くしは和歌には珍しいと言ったが、漢詩にはあった。道真自身がかつ

【詞書】浪。

【語釈】○辛き―塩辛い意の「からき」に、生きることが辛《つら》い意の「からき」を掛ける。○わたつみ―「海神」「綿津見」などと当てる。海原を言う。

＊新古今増抄―加藤盤斎によ

て詠んだ「*寒早《かんそう》十首」という十篇の漢詩で、その一つ一つに「何《いづ》レノ人ニカ寒気《かんき》早キ」、どういう人が寒気を厳しいと感じるのかと問いかけて自ら答えるという物尽くし的形式を取った詩、『菅家文草』巻三に所載する。

一から八までを列挙してみる。第一は「寒ハ早シ、走リ還《かへ》ル人」。重税に喘《あえ》いで他国へ逃亡したものの、再び強制的に故国へ送還された人。第二は「浪《うか》レ来タル人」、他国から流入してくる浮浪人。第三は「老イタル鰥《やもを》ノ人」で、妻を喪った独り身の老人、歳を取っても独りというのは辛いものがある。第四は「夙《つと》ニ孤《みなしご》ナル人」、早くに親を失った孤児。第五は「薬圃《やくほ》ノ人」。薬草畑を管理する園丁《えんてい》のことで、いつも大地の寒気を浴びて孤独に仕事をする。第六は「駅亭《えきてい》ノ人」、馬子《まご》のことである。第七は「賃船《ちんせん》ノ人」で船に雇われて働く水夫。そして第八は「魚ヲ釣ル人」、「陸地ニ産《なりはひ》ヲ生ムスベ無ク孤舟ニ独リ身ヲ老フルノミ」とあるから漁師を言う。全体を通して絶望感や虚脱感といったやるせなさを身にまとって生きる人々であると言ってよい。

第九と第十については、右の歌に関連があるので細かく見てみよう。第九は「塩ヲ売ル人」、全文を掲げる。

何《いづ》レノ人ニカ寒気早キ。寒ハ早シ、塩ヲ売ル人。海ヲ煮ルコト手ニ随フ

る初めての新古今集の全注釈。18を参照。

*寒早十首―菅家文草・巻三所載。十首すべてに人・身・貧・頻の四韻字を入れた五言律詩。

ト雖《いへど》モ、烟《けむり》ヲ銜《つ》キテ身ヲ顧ミズ。*旱天《かんてん》ハ価《あたひ》ノ賤《やす》キヲ平《たひら》カニス。風土ハ未ダ商《あきなひ》ヲ貧《まづ》シカラシメズ。訴ヘント欲ス豪民ノ*擢《ほほあらあら》シキコト、津頭《しんとう》ニ吏《り》ニ謁《えつ》スルコト頻《しき》リナリ。

海水を煮しめて塩を作ることはどこの海岸でも手働きで可能といえ、藻塩《もしお》を焼く煙を吸い込んで働くのでいずれ体を壊してしまう。日照りが続いたおかげで塩の値段は大高騰《こうとう》するが、まだこの辺りは製塩に適した土地なので何とかやっていける。しかし利益を独占する強欲な土豪を訴えたくてもままならず、波止場では税金を取り立てようとする役人に零細な塩商人が実情を訴えるシーンが頻繁に見受けられる……。

道真はこの詩で、貧しく零細な塩商人が暴利を貪《むさぼ》る大規模な土豪や悪徳商人たちに搾取《さくしゅ》される実態を活写しているのである。ここに出る製塩の実態は、冒頭の歌の「焼く塩」に通じているのではあるまいか。

また第十の詩は次のようなものである。

何《いづ》レノ人ニカ寒気早キ。寒ハ早シ、採樵《さいせう》ノ人。未ダ閑居ノ計ヲ得ズ。常ニ重ク担《にな》フ身タリ。雲巌《うんがん》行ク処険《けは》シク、*甕牖《をういう》入ル時貧《ひん》ナリ。賤《やす》ク売レバ家給《きふ》シ難シ。妻孥《さいど》餓《うゑ》ト病《やまひ》ト頻《しき》リナリ。

*旱天―日照り。天が干上がること。

*擢シキコト―「擢《じゅ》」は揉《も》むこと。

*甕牖―「甕」は甕《かめ》や瓶《びん》の類。「牖」は窓。壊れた瓶の口などでふさいだ窓、貧家を表す。

「採樵ノ人」とは薪《たきぎ》のために柴や雑木を苅る木樵《きこ》りたち。薪を集める人々の暮らしはいつまでも貧しく、木をかついで雲の掛かった険《けわ》しい岩山を行かねばならない。家に帰ってくると、そこはボロ屋で粗末なまま。手に入れた薪も安く買いたたかれて家計は枯渇《こかつ》し、妻子も飢《う》えてしょっちゅう病気にかかる……。雑木は木樵りの肩に重く食いこみ、家族の飢えを助ける足しにはなかなかなっていないのだ。第九の塩焼き漁民の生活と同じ困窮生活が活写《かつしゃ》されて涙を誘う。こうした民衆の塗炭《とたん》の苦しみをうたうことは、*中国古来の詩人の義務であり、*山上憶良《やまのうえのおくら》の「貧窮《ひんきゆう》問答歌」を思い出させるものがある。

がそれはそれとして、この薪を追うイメージは、やや飛躍があるとしても、右の道真の歌の「流木」に通うものがありはすまいか。歌は物尽くしのように道真にとっての辛苦《しんく》なる物を掲げて、道真が現在いる海底から問い掛けるという体裁になっているが、流木と塩、そして薪を採る人と塩を売る人、道真の脳裏にこの「寒早《かんそう》十首」のテーマが意識されていたとするのは早計であろうか。道真における詩と歌との連動はこれまでにも見てきたところだ。ここに詩と歌とを二つながら往還《おうかん》した道真の達成を見て取ることは穿《うが》ちすぎだろうか。

*中国古来の詩人の義務―白楽天など、木樵や遊女などの身になってうたった詩が多い。

*山上憶良の貧窮問答歌―万葉集・巻五・八九二、三。「風交り雨降る夜の、雨交り雪降る夜はすべもなく寒くしあれば…」と始まる長歌。貧者と窮者になってうたう。

24

流れゆく我は水屑《みくづ》となり果てぬ君しがらみとなりて留《とど》めよ

【出典】大鏡・時平伝

配所へ流されて行く私は、水中に漂う水屑同然となり果ててしまった。わが君よ、どうか柵《しがらみ》となって私の行方を引き止めていただきたい。

ここからは道真の没後に作られたと思われる伝承歌に入る。『大鏡』時平伝は、前出した「東風《こち》吹かば匂ひおこせよ梅の花」の歌（07）にすぐ続け、「また、亭子《ていじ》の院に聞こえさせ給ふ」としてこの歌を載せている。さらにその後に「無きことにより、かく罪せられ給ふを畏《かしこ》く思《おぼ》し歎きて」と述べていることからすれば、『大鏡』の作者は道真の罪が冤罪《えんざい》であることを明確に意識していた。無実であるにも関わらず追いつめられた挙句、

【本文前書】また亭子の院（宇多上皇）に聞こえさせ給ふ。

【語釈】○しがらみ―柵の字を当てる。水流を堰き止めるために水中に何本か横に立てる木杭。

みずからの身を「水屑」に擬《なぞら》えざるを得ない道真の意識は辛く重い。しかも「なり果てぬ」という言葉からは、もはやそれが諦めに近くなっていたことさえ感じる。「君しがらみとなりて留めよ」といくら叫んでも、それが叶わぬことも道真にはとうに分かっていたはずだ。

「しがらみ」は和歌にも多く詠まれているが、堰《せ》き止めよと詠む点では、『古今集』の＊壬生忠岑《みぶのただみね》の歌＊「瀬を堰《せ》けば淵となりても淀みけり別れを止むるしがらみぞなき」が道真の歌に近いか。姉が死んだ時にしがらみのように死を堰き止めるものが無いと歎いた歌である。本来は「柵《さく》」のことで、小さな砦のことを柵《さく》というのと通じる。＊『文選』の李善注では、＊張協《ちょうきょう》や＊沈約《ちんやく》の詩文に見える「徼《きょう》」という字に対し、「塞《そく》ナリ。木ヲ以テ水ノ柵《さく》トナス。夷狄《いてき》ノ界トナス」と説明を加えているが、これによれば、河に柵を立てて異民族との境界線の柵としたこともあったらしい。

道真がいう「しがらみ」には、李善注にあるこの「夷狄《いてき》ノ界」のイメージも働いていたのではあるまいか。「しがらみとなりて留めよ」という叫びは、道真にとって、もうこれ以上辺境の地に追いやることがないようにという悲痛な願望でもあったのではないかと思われるのである。

＊壬生忠岑―平安時代の歌人。散位安綱の男で忠見の父。近衛番長・右衛門府生を経て摂津権大目に至る。穏やかなよみぶりでしられる。

＊瀬を堰けば淵となりても…―古今集・哀傷・八三六・忠岑。

＊文選の李善注―11に既出。

＊張協―潘岳《はんがく》・左思《さし》と並び称された晋の詩人（二六五?―三〇五?）。その詩「七命八首」に見える注。

＊沈約―梁の学者（四四一―五一三）。宋書を編纂し、平上去入の四声を分類した「四声譜」を著した。この注は「安陸昭王碑文」に施したもの。

25

夕されば野にも山にも立つ煙《けぶり》歎《なげ》きよりこそ燃えまさりけれ

【出典】大鏡・時平伝

夕方になると、野辺にも山にも煙が立ち昇るが、濡れ衣を悲しむ私の歎きという木を焚き添えるので、より一層激しく燃え上がるのであるなあ。

ようやく筑紫に辿り着いた道真の目に映じた配所《はいしょ》の風景。夕闇が迫る黄昏《たそがれ》時に、野山のあちこちから煙が立ちのぼる。悲しみに暮れる道真にしてみれば、自らの歎きという木、あるいは溜息《ためいき》という木を燃やした煙に見えたのであろう。この「歎き」＝「木」という掛詞《かけことば》の意味は重い。単なる修辞、言葉の洒落《しゃれ》ではなかったのだ。

この煙はおそらくは野焼きの煙であろうが、儒学者かつ漢詩人である道真

【本文前書】かくて筑紫におはしまし着きて、物を哀れに心細く思《おぼ》さるる夕、遠方《をちかた》に所々煙《けぶり》立つを御覧じて。

【語釈】○煙―「野にも山にも」とあるから野焼きの煙であろう。○歎き―「き」に「木」を掛ける。「歎きを

にとって、たとえば『白氏文集』巻十七「江南謫居《たつきょ》十韻」の詩に「煙消ヘテ甑《こしき》ニ塵《ちり》有リ」などとうたわれた民の竈《かまど》に立つ炊飯《すいはん》の煙でもあったと思われる。『新古今集』に載った*仁徳《にんとく》天皇の伝承歌なども思い合わされる。

道真自身も詩の中でこの「煙」を多く詠んできた。讃岐在任中の「路ニ白頭ノ翁ニ遇フ」という詩では、日照りや疫病のため讃岐全県に民家から上がる煙がないことを「*十有一県、爨煙《さんえん》無シ」とうたい、「寒早十首」中の九番目の詩では、塩焼きが煙にむせりながら命をすり減らして労働することを「*烟ヲ銜《つ》キテ身ヲ顧ミズ」と詠む。また『菅家後集』の「叙意一百韻」という長編詩では、配所では朝に飯を炊く煙もないことを「晨炊《しんすい》煙ヲ断チ絶ツ」と詠み、またこの地での憂鬱な暮らしを「心寒ケレバ雨モ又寒シ。眠ラザレバ夜モ短カラズ」と詠ずる「雨夜」という詩では、召し使う料理人が竈に煙が無くなると訴えてきたことを「況《いは》ンヤ復《ま》タ厨児《ちゅうじ》ノ訴ヘンヤ、竈頭《そうとう》ニ爨煙《さんえん》絶ユト」とうたっている。

道真は配所の地に立つ煙を見て、かつて讃岐時代に眺めた民の「爨煙《さんえん》」を思い出し、そこに自分自身の「歎き」を重ねて詠じたのではあるまいか。道真には細々と立つ民の煙が、その歎きで燃え勝《まさ》るように見えたのである。

ば樵《こ》りのみ積みて足引きの山の狭《かひ》なくなりぬべらなり」（古今集・俳諧歌・一〇五七・読人知らず）など「歎き」に「木」を掛ける歌は多い。

*仁徳天皇の伝承歌―高き屋に上りて見れば煙立つ民の竈は賑はひにけり（新古今集・賀・七〇七）。九〇七年の日本紀竟宴和歌で時平が詠んだ「高殿に上りて見れば天《あめ》の下四方《よも》に煙《けぶ》りて今ぞ富みぬる」が元かともされるが、先後は不明。

*十有一県―菅家文草・巻三「路ニ白頭ノ翁ニ遇フ」。

*烟ヲ銜キテ…―菅家文草・巻三「寒早十首」の第九詩に見える。

26

作るともまたも焼けなむ菅原《すがはら》や棟《むね》の板間《いたま》の合はぬかぎりは

【出典】大鏡・時平伝、北野天神縁起

何度作ったとしても、棟《むね》の板間が合わないかぎりはまた焼けてしまうだろう。そのように、わが菅原の胸の傷口が癒《い》えないかぎり、どう修復しても無駄なことだ。

これも後世《こうせい》の伝承が育てた歌。道真の真作のみを見る時には除外すべきかもしれないが、彼の全体像を見るためには欠かせない歌だ。

死んだ道真が強烈な怨念《おんねん》を発動して種々の祟《たた》りをなしたという伝説はつとに有名だが、『*大鏡』時平《ときひら》伝によれば、円融院《えんゆういん》の時代に内裏を修復した際、大工たちが作った裏板の部分に一晩のうちに文字の形をした虫喰い*歌が浮き出て、そこにこの歌が書かれていたという。「これも*北野天神《きたのてんじん》様がなさった

【語釈】○棟の板間―「棟」に「胸」を、「板」に「痛」を掛ける。

＊大鏡時平伝―内裏《だいり》焼けて度々造らせ給ふに、円融院の御時の事なり、裏板どもをいと麗しく鉋《かんな》かきて罷り出でつつ、又の朝《あした》に参りて

ということだ」と『大鏡』は記しているが、この文脈に従えば、「棟の板間」ならぬ「胸が痛む」という掛詞を使って「私のこの傷口が合わぬかぎりは自分の心は永遠に晴れない」と訴えた怨《うら》みの歌だということになる。

ところが、これとほぼ同様の記事を伝えている『北野天神縁起』では、末句が「あらぬ」となっている。「ぬ」は「む」であろうから、つまり「胸の板間があらんかぎり」という意に変わっていて、歌に続く本文は「北野の社の修造を公家に奏し申し給ひたる御歌なりとぞ卿々定め申しける」と解説している。つまりこの板間がある限りはまた火事にあって焼けるだろうから何とかしてほしいと、道真が朝廷に北野社の修復を嘆願した歌となっている。道真の苦衷《くちゅう》が祟りをなすという意味がぼかされ、北野社の修復を願う良心的なイメージが強調されることになったのである。「は」と「ら」の一字の違いで、道真の人物像がガラリと変わってしまっているわけである。

私たちはもちろん、先の『大鏡』の怖いイメージの方に従うべきだろう。「菅原や」などと気取って言うところなど、この歌を道真が本当に詠んだとは思えないが、死んだ後も道真の怨念が虫喰い歌のような形になって語り伝えられていたという事情はよく頷《うなず》けるのである。

見るに、昨日の裏板に物の煤《すす》けて見ゆる所のありければ、梯《はしご》に上りて見るに、夜のうちに虫の食《は》めるなりけり。その文字は「作るとも…」とこそありけれ。それもこの北野《きたの》の遊ばしたるとこそは申すめりしか。

＊虫喰い歌―虫喰い歌は熊野本地や清水冠者など中世の物語や伝承によく見える。

＊北野天神―道真を祭神とする京都北野社。天神は雷神となった道真の神号。後世は学問の神として尊崇される。

【補説】大江匡房《まさふさ》の「安楽寺ニ参ル詩」に「皇居頻リニ火アリ。製造班倕ニ課ス。虫三十一字ヲ成シ、板ノ上ニソノ詞ヲ著ス」(本朝続文粋・巻一三「雑詩」中)とあるが、この道真説話と付合するか。

01

月夜見梅花

月耀如晴雪
梅花似照星
可憐金鏡転
庭上玉房馨

月夜に梅花《ばいか》を見る

月は耀《かかや》くこと晴れたる雪の如《ごと》く
梅は花さくこと照れる星に似たり
憐《あは》れむべし金鏡の転《かひろ》きて
庭上に玉房《ぎよくばう》の馨《かを》れることを

【出典】菅家文草・巻一・一

月の夜に梅の花を見た
月の耀くことは晴れた日の雪のようである。梅の花が咲くことは照り耀く星に似ている。愛しく思おうではないか、金の鏡のような月が転じて、庭の上に玉のように美しい花房が薫っていることを。

題詞《だいし》自注によれば、十一歳の斉衡《さいこう》二年（八五五）に初めて作ったという五言絶句。平仄《ひょうそく》も正格であり、韻字《いんじ》の置き方や対句《ついく》など、その完成度には驚くべきものがある。この少年がいかに早熟かをおのずから語っていよう。

この詩の基本は、言うまでもなく梅の花を何に見立ててその美しさを定着させるかという点にあって、その見立ての面白さが眼目になる。才能が見透かされやすい難題でもある。

道真は、題に沿って月と梅をそれぞれ雪と星に見立てる。ここまではいわば普通であるが、転句《てんく》と結句《けっく》でそれを一挙に結びつけ、庭上に玉房を咲かす梅花は、金鏡の月が変幻したものであるかとうたったのである。月と梅を生の実体としてストレートに捉えず、天空と地上、視覚と嗅覚とを一挙に融合させたところにこの詩の非凡さがあると言えようか。

立ち会った師の島田忠臣《ただおみ》がどういう判定を下したのか分からないが、この詩を後年『菅家文草』のトップに飾ったのは、単に記念だからというだけでなく、恐らく道真自身が誇りとする自信作であったのだろう。

道真が梅を愛着したことはよく知られているが、道真は梅よりも菊を星に見立てることを好んだ。『菅家文草』巻四に載る「白菊ニ寄ス四十韻」中の、

【題詞自注】時ニ年《とし》十一、厳君、田進士《でんしんし》ヲシテ之《これ》ヲ試ミシメ、予初メテ詩ヲ言フ。故《ゆゑ》ニ篇首ニ載ス。

○厳君―父の是善。○田進士―島田忠臣。道真の岳父であり師でもあった。その死に際し、道真は日本で詩人の名は有名無実になったと讃えている。○篇首―書物の先頭。

【語釈】○金鏡―月の異称。○玉房―美しい花房。

*地ハ星ノ宋ニ隕《お》チタルカト疑フ。庭ハ雪ノ袁《ゑん》ヲ封ジタルガ似《ごと》シ。

また巻四「霜菊ノ詩」に見える表現、

*星ノ薄キ霧ニ籠《こも》レルニ似タリ。粉ノ残リノ粧《よそほ》ヒニ映レルニ同ジ。

さらにまた、巻五「雨夜ノ紗燈《しやとう》ヲ賦ス」詩、

*晴レテハ雲ヲ穿《うが》チテ星ノ乍《たちま》チニ見ユルカト誤ツ。秋ニハ雨ヲ冒《をか》シテ菊ノ新タニ開クカト疑フ。

などなど。和歌でも01に「秋風の吹上《ふきあげ》に立てる白菊は花にあらぬか浪にあらぬか」とあったことが想起されよう。

道真が梅や菊を星に見立てる表現に愛着を抱いていたらしいと分かるのだが、これはもともと中国で菊を星に見立てる技法に習ったものであった。『芸文類聚』に載る晋の盧湛《ろたん》作の詩「菊花賦」の一例では、「*乃《すなは》チ翠葉雲布《うんぷ》シ、黄蕊星羅《くわうしんせいら》スルガ若《ごと》シ」とある。「雲布」とか「星羅」というのは、雲のように一面に散り、星雲のように輝き並ぶという意味で、菊の青い葉っぱと黄色の花弁が一面に咲き誇る様を述べた詩である。菊を星に見立てるこの伝統は、当然ながら日本の詩人たちを刺激し、多くの類例を生んだ。たとえば『経国集《けいこくしゆう》』に載る嵯峨《さが》天皇作の詩「重陽《ちようよう》ノ節菊花ノ賦」に「*花実星羅シ、茎

*地ハ星ノ宋ニ…—菅家文草・巻四「寄白菊四十韻」。白菊が咲く様は天の星が宋の国に落ちたかと疑われ、白菊が庭に咲くのは白雪がかの袁《ゑん》山を埋めて積もった様に似ている。

*星ノ薄キ霧ニ…—同・巻四「霜菊詩」。菊が霜の中に咲く姿は夜の星が霧の中に籠もっているのに似、美人の装いがわずかに残っている白粉《おしろい》に感じられるのと同じである。

*晴レテハ雲ヲ穿チ…—同・巻五「賦雨夜紗燈、応製並序」。雨が晴れると紗燈の光は雲間から透けて見える星のようであり、秋に雨中に菊が咲き始めたかと見間違えるのに似ている。

*乃チ翠葉雲布シ…—同じ詩が初唐の類書である「初学記」にも「菊賦」の題で載る。

葉雲布ス」と見え、同じく嵯峨天皇の「九日菊花ヲ翫ブノ篇」という詩には、「*緑葉雲布ス朔風ノ許、紫蒼星羅ス南雁ノ羽」ともある。盧湛《ろたん》の詩にあった「星羅」や「雲布」といった言葉が菊の形容として盛んに使われている。和歌の世界にも波及し、『古今集』に載る「*久方の雲の上にて見る菊は天つ星とぞあやまたれける」という*藤原敏行《としゆき》の歌は、右のような中国的な漢詩の技法が和歌の上に結実したものであることは言をまたない。能書家として知られた敏行は、道真や島田忠臣と親交があった歌人であり、菊を星に見立てるのはお手のものであったのである。

　道真の処女作とも言うべき右の「月下に梅を見る」という詩表現を、こうした表現史の上においてみれば、若き道真が先行する中国詩の勉強を重ねながら模索を続けてきてここに到ったとみていいのではないか。そして梅という景物を詠ずるにあたって、彼は菊を星に見立てる中国詩の表現伝統を借り、それを梅に転用するという新しさをあえて打ち出したのである。道真は表現のパターンをずらして見ることで自分の世界を作り出した。厳父是善《これよし》の命令に応じ、おそらく忠臣《ただおみ》の諮問《しもん》にもパスしたこの詩は、いかにも『菅家文草』のトップを飾るにふさわしかったのであろう。

*花実星羅シ……—経国集・巻一「重陽ノ節菊花ノ賦」。

*緑葉雲布ス……—経国集・巻十三「九日菊花ヲ翫ブノ篇」。

*久方の雲の上にて……—古今集・秋下・二六九・敏行。「寛平の御時、菊の花を詠ませ給うける」。

*藤原敏行—平安時代前期の歌人で、三十六歌仙の一人である。『小倉百人一首』にとられている（?—九〇一）。

02

春日過丞相家門

除目明朝丞相家
無人無馬復無車
況乎一旦薨已後
門下応看枳棘花

春日《しゅんじつ》、丞相《じょうしゃう》の家の門を過ぐ

【出典】菅家文草・巻二・一〇二

除目《ぢもく》の明朝丞相《じょうしゃう》の家
人無く馬無く復《ま》た車無し
況《いは》んや一旦薨《こう》じてより已後《いご》
門下《もんか》応《まさ》に看《み》るべし枳棘《ききょく》の花

春の日に丞相の家の門を通りかかった

除目のあった翌朝、丞相藤原氏宗《うじむね》殿のお屋敷の門前を通った。しかし参入する人も無ければ馬一匹おらず、ましてや牛車などもない。氏宗殿が亡くなってしまわれたあと、門の下には、みなさい、賞する人とて誰もないイバラの花がただ咲いているだけである。

道真三十九歳の元慶《がんぎょう》七年（八八三）、交流があった右大臣藤原氏宗が薨じてしばらくした後、その邸宅の前を通りかかった際に詠じたもの。

除目《じもく》が行われていたかつての日々にはこの氏宗邸の前は、氏宗の推挙《すいきょ》を求める人々で門前市《いち》をなす賑わいだったのであろう。それなのに亡くなってしまった今は、除目の翌朝のごとく訪れる者もなく、あるものといえば誰からも見留められることがなく咲いている嫌われものの枳《からたち》や棘《いばら》でしかない。

年二回行われた除目による任官の決定はさまざまな悲喜劇を呼んだ。後年ではあるが、たとえば紫式部の父*藤原為時は、越前の国司を何度も願ったが叶えられずにいた。そこで「苦学ノ寒夜紅涙襟《えり》ヲ潤ス、除目ノ後朝《こうてう》蒼天眼《まなこ》ニ在リ」という詩を作って上申《じょうしん》した。紅涙を流すほど苦学を重ねてひたすら待ったが、除目に洩れた次の日には茫然とした眼に空しい青空が映るばかりだという。*道長はこの詩に打たれて為時を次の越前守に推挙したという。

これは『今昔物語集』巻二十四に見える哀話であるが、除目に外れた人の家は特に侘びしいものだ。*『枕草子』二十五段に、「すさまじきもの」として「除目に司《つかさ》えぬ人の家」というよく知られた話がある。今度こそは大丈夫らしいと聞きつけて、縁故のある人が続々と集まってきて前日はワイワイと喧《やかま》

【語釈】○丞相―左右大臣を指す唐名。道真のことを後世「菅丞相」というのもこれによる。○枳棘―「枳」はカラタチ、「棘」はイバラ。

*藤原為時は―今昔物語集・巻二十四第三十話「藤原為時、詩を作りて越前の守に任ずる事」。

*道長―藤原道長（九六六―一〇二七）。平安時代中期の公卿。摂政、太政大臣。御堂関白・法成寺関白などの別称がある。紫式部のパトロンとしても有名。自らの世をことほいだ「この世をば我が世とぞ思ふ望月のかけたることもなしと思へば」によってしられる。

*枕草子二十五段―最後に「早朝になりて隙《ひま》なく居りつる者ども、一人二人滑り出でて往ぬ。古き者どものさもえ往き離るまじきは来年

しい。しかし結局駄目だと分かると、いつの間にか一人消え二人消えていく……。清少納言の筆はこういったやるせないシーンを見事に描き出しているが、こうした記述よりもほぼ百年も前、道真は除目にたかる人間のあさましさをこの詩の中にすでに捉えていたのである。

藤原氏宗は『*貞観格《じょうがんきゃく》』『貞観式』の撰進で知られた学者官人。中年以降に官位を上げ、貞観十四年（八七二）、右大臣正三位《しょうさんみ》六十三歳で薨《こう》じている。道真がこの時見た氏宗の旧宅は、『*類聚三代格《るいじゅうさんだいきゃく》』の円成寺造営に関する記事に「件ノ寺ハ、元コレ故右大臣贈正二位藤原朝臣氏宗終焉ノ地ナリ」と見えており、この後、宇多天皇の養母でもあった氏宗の妻淑子《しゅくし》によって円成寺という寺に生まれ変わったらしい。

氏宗の死は道真の詩より五年前のことであるが、あえて「除目ノ明朝」といったのは一種の詩的誇張であろう。この詩には特に難しい措辞《そじ》は見当たらないが、*尾聯《びれん》で「枳棘ノ花」を点綴《てんてい》していることに注意したい。「枳《き》」も「棘《きょく》」も中国では邪魔な悪木《あくぼく》として見られていた雑草であった。『*韓非子《かんぴし》』の「外儲説左下」に「枳棘ヲ樹《う》ウル者ハ成リテ人ヲ刺ス。故《ゆゑ》ニ君子ハ樹ウル所ヲ慎ム」と見え、その前の「橘柚《きつゆう》ヲ樹《う》ウル者ハ之《これ》ヲ食ラヘバ則

の国々、手を折りてうち数へなどして揺るぎ歩《あり》きたるもいとほしう凄まじげなり」とある。

*貞観格・貞観式—いずれも清和天皇の命により藤原氏宗らが編纂した法令集。前代の弘仁格と同趣旨の物を除き、新たに付け加えられた詔勅や官符類を集成したもの。

*類聚三代格—弘仁格・貞観格・延喜格を事項別に再編集した法令集。

*尾聯—律詩の七句目、八句目のこと。ちなみに、一句目、二句目を首聯《しゅれん》、三句目、四句目を含聯《がんれん》、五句目、六句目を頸聯という。

*韓非子—戦国時代の韓の公

チ甘ク、之ヲ嗅ゲバ則チ香《かぐは》シ」という文と対比されている。橘や柚子《ゆず》には甘い味覚や香りがあるが、それに引き替え枳《からたち》や棘《いばら》はトゲを持つからあまり植えられない木だ、つまり役に立たない木だと言うのである。また佞人《ねいじん》にまで喩《たと》えられることがあり、『文選』二十一に載る*左思《さし》の「詠史八首」八に「門ヲ出ヅルモ通路無ク、枳棘塗《みち》ニ塞《ふさが》レリ」とある。

「枳」は道真の他の詩では、カラタチの生け垣は疎《まば》らで人から羨ましがれないとうたう「*枳落蕭疎《きらくせうそ》トシテ瞻望《せんばう》遠シ」があるぐらいであまり見当たらない。

この道真の詩の「枳棘ノ花」はそういう点で特異な姿を示す。道真は枳棘だけが氏宗の死を看取《みと》っているようだとうたっているのであるが、もしかしたら「応《まさ》ニ看ルベシ枳棘ノ花」と強調されて描かれるこの「枳棘ノ花」は、道真が見た実景をそのまま点じたものではなく、氏宗に対する特別の思いを籠めて作り出された詩的幻想だったのではあるまいか。

荒廃した氏宗邸に咲く枳棘の花、人にもてはやされることもなく咲くその花は、もはや誰一人訪れることのなくなった氏宗邸の空虚さとはよく見合っているようだ。短い詩ながら、これは人間の営みのはかなさといったものが、自然の光景に象徴されて迫ってくる印象的な詩といっていいだろう。

子韓非《かんぴ》が著した法家の書。多くの寓話を通して絶対的な権力による法治主義の思想を説く。

*左思―晋の武帝・恵帝時代の詩人。博学能文で知られ、「三都賦」を著した。

*枳落蕭疎トシテ…―菅家文草・巻二「園池ノ晩ノ眺メ」の句。

03

尚書左丞餞席
同賦贈以言

讃州刺史自然悲
悲倍以言贈我時
贈我何言為重宝
当言汝父昔吾師

尚書左丞の餞《はなむけ》の席にて
同じく贈るに言を以てすといふことを賦す

【出典】菅家文草・巻三・一八五

讃州《さんしう》の刺《し》史《し》自然《おのづから》に悲し
悲しみは倍《ま》す、言《げん》を以て我に贈りし時
我に贈るに何の言か重き宝と為《な》さば
当《まさ》に汝《なんぢ》の父は昔の吾《わ》が師なりと言ふべし

尚書左丞である藤原左世《すけよ》が催してくれた餞別《せんべつ》の宴席で「贈るに言を以てす」ということを賦した詩。

自分が今度なった讃岐の国司という職は自然と悲しみを誘い、その悲しみは今倍増する。貴方が「言」の字をもって私に贈ってくれるこの時、どういう言葉が私にとって珠玉の記念になるかと言えば、「君の父上は昔のわが師であった」という言葉であろうか。

【自注】各々一字を分くるに探りて「時」の字を得たり。

【語釈】○佐世―08に既出。宇《うま》合《かい》の子孫で菅雄の子。道真より二、三歳年少。道真の父是善の弟子。『日本国現在書目録』の著がある。写本では、上欄外に「左丞とは佐世なり」とする注記がある。

仁和二年（八八六）、四十二歳で讃岐守に任じられた時、藤原佐世《すけよ》が開いてくれた送別の席で詠んだ詩。気に入っていた文章《もんじょう》博士を辞さざるをえなかった道真は、讃岐守任命のことを「左遷」と意識していたらしい。起句の「讃州ノ刺史自然ニ悲シ」という感懐はそのことを暗示させている。

詩題に見える「言ヲ以テス」は、『史記』「孔子世家《こうしせいか》第十七」に言う「辞シ去ルニ、老子之ヲ送リテ曰ク、吾聞ク、富貴《ふうき》ハ人ニ送ルニ財ヲ以テス。仁人ハ人ヲ送ルニ言《げん》ヲ以テス。吾富貴ナルコト能《あた》ハズ。仁人ノ号ヲ竊《ぬす》メリ」に基づいているのだろう。別れの餞別としては、金品よりも気の利いた言葉の方がいいというのである。その言葉とは、この場合、父是善の弟子であった佐世が道真に言ったという「汝ノ父ハ昔ノ吾ガ師ナリ」という挨拶に当たる。道真は、貴方の父上（是善）は私（佐世）の先師であったと挨拶した佐世の言葉が何より餞別の辞として自分にふさわしいと讃《たた》えている。この詩の「重キ宝」という表現を素直にとれば、そういうことになるだろう。しかし、それが「昔ノ」という限定づきで言われたことに、道真はやや屈折した思いも抱いたのではないか。讃岐への赴任《ふにん》を左遷に近いものとして意識していた道真には、父是善が「昔ノ師」と言われたことは、これから讃岐へ赴任する自分に対するある種の当てつけのようにも感じたのではなかったか。二行目にいう「悲シミハ倍ス」という言葉がどこにかかっているのかも気になる。「悲シミハ倍ス」が「言」に掛かるのだとすれば、中央の都にいて政治の中枢に関わることを切望し、地方官としての仕事にさしたる価値を認めていなかった道真にとって、佐世の言葉は、道真の心を一層憂鬱にしかねなかったのである。『史記』の文章を持ち出してやや「重キ宝」などと大げさに持ち上げたりしているのも、なにかしらわざとめかした装いがあるようである。

佐世は藤原基経《もとつね》の家司《けいし》をも勤めていて、基経との繋がりが強い人物であった。翌年、道真が讃岐にいた時に起こった「阿衡の変《あこう》*」で、橘広相《ひろみ》が起草した勅書《ちよくしよ》に「阿衡」の文字を見つけ、これは職掌《しよくしよう》のない虚名だと基経に告げたのはこの佐世であった。この辺の経緯や道真の感想については08の「天の下」の歌で詳しく見た。佐世は藤原氏の繁栄に奉仕する権謀家《けんぼうか》の一面をも併

*阿衡の変―仁和三年（八八七）に起きた事件。08参照。この阿衡の変については十訓抄・四の十六に詳しい。

せ持っていたらしい。道真が都に居る学者は皆ダメだと言った中にはこの佐世も入っていたはずである。もっともそうは言っても、大宰府に左遷されるまでは道真はこの佐世と交友をキチンと続けている。『菅家文草』巻五には、五年後の寛平三年に佐世が陸奥守《むつのかみ》に赴任が決まったのを惜しんで詠んだ「秋日、源亜相《げんあそう》（源能有）ノ第ニ陪《ばい》シテ安鎮西《あんちんぜい》（安倍興行）、藤陸州《とうりくしゅう》ニ餞《はなむけ》ス」という詩があり、何らかの原因で一年後に出立したその送別の際に詠んだ「左金《さきん》吾《ご》相公（藤原時平）ノ宣風坊ナル臨水亭ニ於テ奥州刺史《しし》（佐世）ニ餞別シ……」という詩では「更ニ我ガ意《こころ》ヲモテ君ガ為ニ陳《つら》ネム」として、讃岐時代の自分の四年間の経験を参考に供して奥州へ向かう佐世に励ましの言葉を掛けたりしているのである。讃岐の時のお返しの餞別という意味があったのであろう。

ちなみに、この詩には「悲」の字や「贈」「言」といった字がそれぞれ二回も繰り返されていることに気づく。普通は一つの詩の中に同一語を用いることは避けるべきとされていたが、『*作文大体《さくもんだいたい》』には「二《ふたつ》ヲ念ズル病ハ近来之《これ》ヲ去ラズ。一首ノ中ニ同字同心有ルモ是《ぜ》ナリ」と見え、道真の頃は許容されていたらしい。こういう普通の字をさり気なく繰り返すことで、道真は佐世との心の交流を効果的に示したかったのであろう。

＊作文大体—漢詩文を制作するための知識をまとめた手引書。引用は群書類従本による。同字の使用は白氏文集六「几ニ隠ル」に「身適《てき》ナラバ四肢ヲ忘レ、心適ナレバ是非ヲ忘ル。既ニ敵ニシテ又適ヲ忘レ、吾ハコレ誰ナルカヲ知ラズ」と、「適」や「忘」が繰り返されている。「適」はぴったりかなうこと。

04

題駅楼壁

離家四日自傷春
梅柳何因触処新
為問去来行客報
讃州刺史本詩人

駅楼《えきろう》の壁に題す

【出典】菅家文草・巻四・二四三

家を離れて四日、自《おのづか》ら春を傷《いた》む
梅柳《ばいりう》何に因《よ》りて触るる処新《あらた》なる
為《かるがゆゑ》に去来する行客《かうかく》の報《つ》ぐることを問ふ
讃州《さんしう》の刺史《しし》本より詩人

駅楼の壁に題した詩
家を離れてからもう四日になる。私はおのずからこの春を悲しく感ずる。梅や柳は一体どうして目に触れる所がいつも新鮮な悲しみを誘うのか。そこで行き交う旅人たちに、そう思うかどうか訊ねてみた。しかし誰もそう思わないと言う。そうだとすれば、悲しいのは讃岐の守であるこの私が元来詩人であることによるのであろうか。

道真は讃岐守在任中、何度か京都に帰っている。この詩は仁和四年（八八八）の春に讃岐に帰任《きにん》する際に播磨《はりま》の明石で詠んだ作、巻四の劈頭《へきとう》に置かれている。時に道真は四十四歳だった。

ここで「家」というのは妻子が残る京都の家を言う。妻の宣来子《のぶきこ》の顔がしきりに想起されていたに違いない。家を後にして「四日」という「四」は正確な数字であろう。三文字目は平仄《ひょうそく》に規制されない箇所であり、官人として数字の記録にも目を届かせていた道真の面目が表れている。仁和四年、四十四歳、四日という四づくしは何かの因縁であろうか。

季節は移ろい、時は春であった。本来ならば喜ばしい春も、道真には目に触れる物すべてが悲しく感じられる。「春愁」といえば、白居易《はくきょい》の作品が想起されるところ。たとえば『白氏文集』十八、「長安ノ春」という詩「街東酒薄クシテ酔《ゑ》ヒ醒メ易《やす》シ。満眼ノ春愁銷《せう》シ得ズ」。酒などで気を紛《まぎ》らせようとしても春の愁いは消すことができないとうたう。ただ道真はその悲しみを誰の所為《せい》でもなく「自ラ春ヲ傷ム」と叙す。酒などでは誤魔化すことができない悲しみであったのである。

孤独な道真は詩の読み手に向かって語りかける。「梅柳」は一体「何ニ因《よ》リ

【自注】州ニ帰ル次《ついで》、播州《ばんしう》ノ明石《あかし》駅ニ到ル。此ヨリ以下八十首、京ヨリ更《あらた》メテ州ニ向ヘル作。

【語釈】○家—京都の我が家。○触るる処—どこまでもという意があると言われる。○為に—「カルガユヱニ」とも読む。○刺史—州の知事・国守の唐名。

テ触ルル処新《あらた》ナル」と。梅も柳も見慣れたはずの樹木だが、ここ明石の駅舎で見たそれはいつも見慣れた梅や柳と違って、道真の哀しみを余計新たにさせるのである。「触ルル処」とは、道真の琴線《きんせん》に触れるところという謂《い》い。

この「触ルル処」にはやはり白居易に例がある。「思ヒハ楊花《ようか》ヲ逐《お》ヒテ、処ニ触レテ飛ブ」という『白氏文集』六十八「春尽クル日宴罷《や》ミテ事ニ感ジ独吟ス」中の詩句。またこの「駅楼ノ壁ニ題ス」という七言詩全体の構成が、楽天の＊「春至ル」の詩に倣《なら》ったものではないかという指摘もある。

さらに最終句「讃州ノ刺史本ヨリ詩人」で、季節の訪れと共に詩人の自覚を呼び覚ますという流れは、同じく楽天の「新秋涼ヲ喜ブ」という詩に見える「光陰ト時節ト先《ま》ヅ感ズルハ是《こ》レ詩人」との強い脈絡が見い出せるだろう。歳月の変遷と季節の移ろいにもっとも敏感な存在は詩人であるという自覚に拠っているものであるに違いない。

道真はおのれという存在の根底にこれら白居易の詩を置いていたのではなかったか。白居易が＊「諷喩《ふうゆ》」という伝統を自らの使命として課していたことも思い合わされるところだ。道真は詩を作ることで自己の理想とするあるべき社会の実現を思い描いていたのであろう。彼にとって詩は単なる有閑《ゆうかん》の具

＊「春至ル」の詩―比較上全文を掲げる。若為《いかん》セン南国ノ春還《ま》タ至ルヲ／争向《いかん》セン東楼ノ日又長キヲ／白片ノ落梅澗《かん》水《すい》ニ浮カビ／黄梢《こうしゆう》ノ新柳城牆《じやうしやう》ヲ出ヅ／閑《しづか》ニ蕉葉ヲ拈《と》リテ詩ヲ題シテ詠ジ／悶《もん》シテ藤枝ヲ取リテ酒ヲ引キテ嘗《な》ム／楽事《らくじ》漸《やうや》ク無クシテ身漸ク老ユ／今従リ始メテ風光ニ負カント擬ス。（白氏文集・十八）。

＊諷喩―わざと本義を隠し、譬喩を通じて本義を語る詩

では有り得なかったのである。道真の詩を考える時に「詩言志*（詩ハ志ヲ言フ）」ということがよく引き合いに出されるが、その「志」の先に社会性との関わりが厳然としてあることは言うまでもない。右の詩は、白居易からの幾重《いくえ》もの影響下になったものであった。

播州《ばんしゅう》の明石の駅といえば、後年大宰府に配流された折、『大鏡』の注記が明石の駅亭の長との対話の舞台として選んだ場所であった。すでに和歌21で見たところであるが、大宰府への道の途中、この明石の駅に到着したとき、駅長は道真の境遇の激変が驚愕《きょうがく》に堪えなかった。道真は驚きを隠せない駅長をたしなめ、栄枯盛衰《えいこせいすい》は年月の移り変わりのようなものだという詩を詠んだという。もちろんこの話はよくできた後人の仮託*《かたく》にすぎないと考えられるが、この「駅楼ノ壁ニ題ス」という明石での詠が、道真の全人生における重要な転換点に位置していたことを『大鏡』作者がよく理解していたことを物語るものであろう。

法。

＊詩言志―尚書《しょうしょ》の「舜典」の「詩ハ志ヲ言フ」に基づく理念。詩とはそもそも男性官人としての志を述べるためのものという。尚書は尭舜から夏殷周の時代に至るまでの歴史書で五経の一。

＊後人の仮託―大鏡の注記「途にありて明石の駅亭に到る。駅亭の長見て驚く。『駅長驚くことなかれ。時の変改、一栄一落は是れ春秋』この詩はある僧侶の書の中にあり。真偽を知らず。然れども後の為に書き付くる所なり」。

05

漁父詞。屛風画也。

抱膝舟中酔濁醪
此時心与白雲高
潮平月落帰何処
満眼魚蝦満地蒿

漁父《ぎよほ》の詞。屛風の画なり。

【出典】菅家文草・巻五・三六三

膝を抱き舟の中に濁醪《もろみ》に酔《ゑ》ふ
此の時心は白雲と与《とも》に高し
潮平《たひら》に月落ちて何《いづ》れの処《ところ》にか帰らむ
満眼の魚蝦《ぎよか》満地の蒿《よもぎ》

漁師の爺さんのせりふ。屛風の絵に書いた詩。わしは膝を抱いて坐り、舟の中で濁酒《にごりざけ》を飲んで酔っぱらう。こういう時は、心は空を駆ける白雲とともに高い志を抱いている。もう潮の満ち引きもなだらかになり、月も沈んだが、さてどこに帰ったものやら。眼の届くところ魚や海老が満ち満ちており、地にはびっしり蓬《よもぎ》が生えている場所がいいのウ。

題詞《だいし》にあるように屏風の絵を題材に詠んだ詩で、寛平四年（八九二）の作品。道真四十八歳。『*三代実録《さんだいじつろく》』の撰集に携《たずさ》わり、『*類聚国史《るいじゅこくし》』を撰進した時期で、学者としてまた官人として脂ののりきっていた頃である。

画題は「漁父」。小舟の中に坐る漁夫を描いた絵であったのだろう。となれば、道真の脳裏には『*楚辞《そじ》』に載る有名な*屈原《くつげん》の「漁父ノ辞」が浮かんでいたのではないか。追放された屈原が湘江《しょうこう》のほとりで呻吟《しんぎん》していると、その憔悴《しょうすい》ぶりを年老いた漁師が見とがめて、なぜここに来たのかと問う。「屈言曰ク、世ヲ挙ゲテ皆濁リテ、吾独リ清メリ。衆人皆酔《ゑ》ヒテ、我独リ醒《さ》メタリ。是《これ》ヲ以テ放タル」と。世間の人間は皆汚れて酔っているのに自分だけは覚醒している。だから自分は追放されてしまった。漁師は屈原を諫《いさ》めていう。「漁父曰ク、聖人ハ物ニ凝滞《ぎょうたい》セズシテ能《よ》ク世ト推移ス。世人皆濁ラバ、何ゾ其ノ泥《でい》ヲ淈《にご》シテ其ノ波ヲ揚ゲザル。衆人皆酔ハバ、何ゾ其ノ糟《かす》ヲ餔《くら》ヒテ其ノ醨《り》ヲ歠《すす》ラザル。何ノ故ニ深ク思ヒ高ク挙《あが》リテ、自ラ放タレシムルヲ為ス」と。以下二人の対話は、孤高に生きるか俗塵《ぞくじん》にまみれて生きるかを巡って続く。道真のこの詩に屈原と漁師に代表される生の葛藤が特に反映されているわけではないが、この構図に似たものを強いて探せば、21で見た大宰府

【語釈】〇濁醪《だくろう》―どぶろくの類。文選の左思の詩「魏都賦」に「濁醪《だくろう》河ノ如シ」とあり、倭名類聚抄に「毛呂《もろ》美《み》」の訓がある。

*三代実録―六国史の一「日本三代実録」。清和・陽成・光孝の三代の史実を叙述する。藤原時平ら撰、道真も編纂に関与していた。

*類聚国史―道真撰の史書二百巻。六国史を事項別に分類、検索しやすくした。

*楚辞―中国の戦国時代の楚の詩人屈原らの詩を集めた十七巻の詩集。詩経が古代中国の北方地方の代表作であるのに対し、南方文学の中心をなす。

*屈原―戦国時代の楚の詩人・政治家（前三四三?―二七七?）。懐王の時大夫になったが妬まれて追放の憂き目にあった。「漁父ノ辞」の他に「離

に移送される途中、明石の駅舎の長との対面のシーンが思い起こされるところだ。道真の姿に驚く駅長に対し、「驚ク事ナカレ、時ノ変改《へんがい》一栄一落ハコレ春秋」と告げた短詩である。この場合は道真が屈原をたしなめる漁師の立場に逆転しているのが面白い。巻五の別の詩では「*料《はか》リ知ルラクハ漁父ノ孤舟ニ棹《さを》ササムコトヲ」ともうたっており、漁夫の生き方は後年の流浪の身ならずとも、道真にとって何がしかの感懐を誘うものであったようだ。

さてこの詩は言うまでもなく画中の漁師の身になって詠じたもの。起句「膝ヲ抱キ舟ノ中ニ濁醪《もろみ》ニ酔《ゑ》フ」はその絵柄をそのまま詠じたものであろうか。次の承句でその漁父の心を忖度《そんたく》し、「心ハ白雲ト与《とも》ニ高シ」とうたっている点に注意される。濁酒に酔った漁父の心は空を自由に流れ、「白雲」と同じように高いという。右に見た屈原の「漁父ノ辞」は、続く屈原の台詞に「安《いづ》クンゾ能《よ》ク皓々《こうこう》ノ白ヲ以テシテ世俗ノ塵埃《じんあい》ヲ蒙《かうむ》ランヤ」と言わしめている。「皓々」は白さの形容で、自身の潔白を喩えた語。屈原は自己の潔白を主張することで世俗の穢《けが》れを蒙《こうむ》ることをあくまで拒否する。道真もまたその「白」を用いて、自分の正義を選び取っているのではないか。転句では一転「潮平《たひら》ニ月落チテ何《いづ》レノ処《ところ》ニカ帰ラム」と転じて、漁父がどこに泊まろうか

騒」が有名。

*料リ知ルラクハ……──菅家文草・巻五「晴レタル霄《そら》ニ将《まさ》ニ月ヲ見ムトストイフコトヲ賦ス」。

と考える様《さま》をうたう。前半の句はおそらく*元稹《げんしん》の詩に「明朝又江頭ニ向ヒテ別ル、月落チ潮平ニシテ是去ル時」とある句を踏まえてのことであろう。道真はこれに「何《いづ》レノ処《ところ》ニカ帰ラム」を加えているのだが、これは寄《よ》る辺《べ》ない漁父の哀しみをうたったものではあるまい。結句に「満眼ノ魚蝦《ぎょか》満地ノ蒿《よもぎ》」とあるように、眼の届く限り魚と海老が溢れ、地には食糧になる蓬が生い茂る豊かな野を夢見ているのであろう。酒に酔った漁父に理想的な桃源郷《とうげんきょう》を思い浮かばせることで一首を完結させているのである。そう取ってこそ「白雲」の自由さが生きてくるだろう。

この詩は漁父の身に託したものであるが、「漁父ノ詞」の「詞」とは、もともと曲子詞《きよくしし》のことで、当時の歌謡曲の歌詞を指し、中唐《ちゅうとう》の頃に流行した詩を言った。白楽天にも木樵や遊女、ひさぎ女の身になってうたった詩がいくつもあるが、道真もそういう中国詩の伝統に沿って歌っているのである。道真もまだ自由な雰囲気でうたっており、道真の詩の中でも珍しく明るい色調に溢れた詩だといってよい。この当時の道真は、後年まさか自分が遥か筑紫の地まで流されるとは思ってもいなかった。この明るさを、無理に大宰府時代の失墜と対比することは早計であろう。

*元稹の詩—「重ネテ歌フ。楽人高玲瓏《こうれいろう》能ク歌ヒ、予ノ数十詩ヲ歌フ」。元稹は白居易の親友であった中唐の詩人で洛陽の人。『元氏長慶集』を残す。代表作に長編詩「連昌宮詞」や小説『鶯《おう》鶯《おう》伝』がある。

06

九日侍宴、同賦菊
散一叢金　応製

不是秋江練白沙
黄金化出菊叢花
微臣把得籯中満
豈若一経遺在家

九日宴に侍る、同じく菊一叢《いつそう》の金を
散ずといふことを賦す、製に応ず

【出典】菅家文草・巻六・四六〇

是《こ》れ秋江に白沙《はくさ》を練《ね》るにあらず
黄金化出《くゑしゆつ》す菊叢《きくそう》の花
微《び》臣《しん》の籯《くしげ》の中に把《と》り得て満つ
豈《あ》に一経《いつきやう》の遺《のこ》りて家に在るに若《し》かめや

九月九日の重陽の宴に伺候《しこう》し、皆と同じく「菊が一叢の黄金を散らす」ということを詠じた。帝の仰せに応じた詩。

そもそもこれは秋の入江で白い沙のような白布を練るわけではない。黄金が菊の草むらに生まれているのだ。私めが摘みえて籠一杯にしたのだが、そんな金よりも一巻の経書が家に遺っている方がずっとよい。

昌泰二年（八九九）、道真五十五歳の時の作である。九月九日の重陽《ちょうよう》の宴で醍醐天皇の「菊一叢ノ金ヲ散ズ」という題に応じて作詩したもの。短い詩ながら問題をはらんでいる詩である。この時の宴のことは『*日本紀略《にほんきりゃく》』に詳しい。詩題は唐太宗*の「秋日二首」の二首め「露ハ凝《こ》ル千片ノ玉、菊ハ散ズ一叢ノ金」に基づいている。道真が最も信頼している紀長谷雄《きのはせお》も列しており、彼はこの時「廉士《れんし》ハ路《みち》ノ中ニ疑ヒテ拾ハズ、道家ハ煙ノ裏ニ誤チテ焼クベシ」と詠じた。

この宴で道真の将来に問題を投げかけることになるある不和が生じた。大江匡房《まさふさ》の『*江談抄《ごうだんしょう》』は、この時*三善清行《みよしきよゆき》が詠んだ「酈県《れきけん》ノ村閭《そんりょ》ハ皆潤屋《じゅんおく》、陶家《とうか》ノ児子《じし》ハ垂堂《すいどう》セズ」という詩句を巡る興味深い逸話《いつわ》を載せている。清行は最初「酈県ノ村閭ハ皆富貴」としていたが、道真の指摘を受けて「富貴」を「潤屋」に改めたというのである。「富貴」というのは題の「一叢ノ金」を文字通りの貨幣の意味として展開し、「村中が富貴となった」としたので

【語釈】○九日─九月九日重陽の日に行われた菊花の宴。○白沙─白い砂で菊の比喩。○微臣─自身を謙遜して言ったもの。○籯《くしげ》─籠、かたみ。○一経─一巻の経書。

＊日本紀略─神代から後一条朝までの編年体の通史三十四巻。編者不詳。平安末期成立。

＊唐太宗─高祖の次男で唐の二代皇帝李世民。

＊江談抄─大江匡房《まさふさ》の談話を藤原兼実《かねざね》が筆録したもの。

＊三善清行─道真と同時代の文人官僚（八四七─九一八）。善相公と呼ばれた。これより二年後の昌泰四年、この年が

あろう。比喩に比喩の上乗せをやったのである。品格を重んずる道真は「富貴」という露骨な語彙やこうした比喩の上乗せが我慢ならず、『大学』*にも用例がある家屋を飾るという意の「潤屋」に改めるよう奨めたのであろう。

しかしこれは一方で清行の面子《めんつ》を潰す行為であったに違いない。実はこの二人の間には、これに先立つ十一年前にも確執《かくしつ》があった。元慶五年、四十二歳の清行がその年の「方略試《ほうりゃくし》」*を受けたところ、問題を出した道真によって落第とされ、その二年後の改判でようやく「丁第《ていだい》」*とされた。二人の間にあった確執がどのようなものかは詳しくは分からないが、この重陽の宴の翌年、清行は道真に政界から勇退するように勧告を発している。めざましく累進《るいしん》する道真に対してかねてからの遺恨《いこん》が働いていたことはあり得ることだった。

ここで改めて道真の詩を見てみる。起句、いきなり「白沙を練るわけではない」と意表を突く出方をしているが、これは眼前の菊花が黄菊であることを強調するためと思われる。承句にいう「黄金化出」して菊になるというのは、『論衡《ろんこう》』*十九に載る「験符篇」に「故ニ金化出ス」とあるように伝統的な表現。転・結句では、籠一杯に黄金にも等しい菊を摘んだが、結局は一巻の経《きょう》に勝るものはないと堂々と表明する。「菊」といった景物の美しさより

辛酉《しんゆう》革命の年に当たるという讖緯説《しんいせつ》により道真に辞職を迫った。

*大学―南宋の朱熹《しゅき》によって四書の一つとされたが、本来は「礼記《らいき》」中の一編。その一節に「冨ハ屋ヲ潤シ徳ハ身ヲ潤ス」とある。

*方略試―令制でもっとも重要な国家試験ともいえる秀才科試験と、その後身といえる文章得業生試のことをいう。道真らの場合は後者であったろう。

*丁第―文章得業生の試験で甲乙丙丁の四番目での合格。

*論衡―後漢の王充《おうじゅう》が旧来の思想や巷間の迷信を批判した書。

も自分が追求してきた家学の教書の方を重視するというのである。
この詩句は『*漢書』「韋賢伝《いけんでん》」に「子ニ黄金ノ籯《くしげ》ニ満ツルヲ遺スヨリハ一経ニ如《し》カズ」とあるのに拠《よ》っており、道真自身、以前の詩に、

*一経用ヰズ籯《くしげ》ニ満ツル金、況ンヤ復《ま》タ蛍光ノ草逕《そうけい》ニ深カランヲヤ。

と使ったことがある表現であった。詩の叙述とは本来典拠によってなされるべきものであったのだが、道真のこの詩は、本来目出度い祝いの場で詠む詩としてはいささか異質であって、何か肩肘張った主張のようにも思える。

道真を重用した宇多帝は二年前に第一皇子の醍醐帝に譲位し、前年には出家生活に入った。新しい体制が出発し、政庁には清新の気配が漂っていた。道真もこの年、右大将兼の右大臣に昇ったが、実は三度に渉って右大臣職を辞退した後のやむをえざる結果であった。道真にその気があれば、これらの官職に伴う権力を手中にする機会があった。しかしそれは新しい政争を招く基《もとい》にもなる。美しい菊よりも一巻の書を大事にしたいというこの詩には、そうした道真の密《ひそ》かな決意と気負いが表明されていたのではなかったか。実際、道真追い落としの動きは徐々に潜在しつつあり、やがて清行らの不満となって噴出する。道真の左遷は、もう二年後に迫っていたのである。

＊漢書―後漢の班固《はんこ》の撰。編年体の史書百二十巻。

＊一経用ヰズ籯ニ満ツル……―菅家文草・巻二「絶句十首。諸進士ノ及第を賀ス」の「右生《いうせい》ヲ賀ス」。

九月十日

去年今夜侍清涼
秋思詩篇独断腸
恩賜御衣今在此
捧持毎日拝余香

九月十日

去《い》にし年の今夜《こよひ》　清涼《せいりやう》に侍りき
秋の思ひの詩篇《しへん》　独り腸《はらわた》を断《た》つ
恩賜《おんし》の御衣《ぎよい》は今此《ここ》に在り
捧げ持ちて日毎に余香《よきやう》を拝《はい》す

【出典】菅家後集・四八二

九月十日の詩

過ぎし昨年のこの夜、私は右大臣として清涼殿に侍《じ》していた。その後朝《こうちょう》の宴で「秋思《しゅうし》」という詩を賦し、人知れぬわが断腸の思いを「知らずこの意いづれにか安慰せむ。酒を飲み琴を聴きまた詩を詠ぜん」とよんだのだったが、その時帝からお褒めに頂いた恩賜《おんし》の衣はまだここにある。私は毎晩その御衣《ぎょい》を捧げもって帝の余薫《よくん》をかいでいることよ。

道真の詩では、もっとも人口に膾炙《かいしゃ》した詩であろう。『源氏物語』須磨巻では、須磨に謫居《たっきょ》した源氏が八月十五夜の月の夜、この詩を思い出して「恩賜の御衣は今ここにあり」と*誦《ず》んじているし、『大鏡』を始め『古今著聞《ここんちょもん》集《じゅう》』文学第五・四十、『十訓抄《じっきんしょう》』六・十四等といった説話集にも道真の代表作のように取り上げられている。

去年都の清涼殿で重陽の菊の宴に列し、醍醐帝に自分の苦衷《くちゅう》を訴えてお褒《ほ》めの御衣を賜った自分が、今年の今日はこうして遥か鎮西《ちんぜい》の地に独り居て、流人の身を託《かこ》っているとは……。過ぎ去りし日の華やかな思い出と、沈鬱な現在。この詩には、これといった故実を踏まえることもなく、過去と現在の境遇の違いを比較した道真の感懐がそのまま詠まれているといってよいだろう。道真にはめずらしい詩である。道真はもともと酒を飲めない質《たち》であったが、去年醍醐帝に献じた「九日後朝、同ジク秋思ヲ賦ス」の詩ではまだ、結句を白居易の「*北窓三友」の詩に準じて「酒ヲ飲ミ琴ヲ聴キ又《また》詩ヲ詠ゼン」と、鬱屈した思いを酒や詩に晴らそうとうたうことが出来たが、ここにはもうそういう余裕すらもないのである。それだけ痛めつけられていたということであろう。道真には残された時間はもう少なかった。

【語釈】○去にし年の今夜―一年前の昌泰三年九月九日の醍醐天皇の清涼殿菊の宴。○秋の思ひの詩篇―翌朝の詩宴で詠まれた「秋思」の詩を指す。○恩賜の御衣―詩中の「君ハ春秋ニ冨ミ臣ハ漸ク老イタリ、恩ハ涯岸ナクシテ報ハ猶遅シ」の句を褒めて御衣を賜った。

＊誦んじている―その夜、上《うへ》(朱雀帝)のいと懐かしう昔物語などし給ひし御様《さま》の、院に似たてまつり給ひしも恋しう思ひ出で聞こえ給ひて、「恩賜の御衣は今ここにあり」と誦じつつ入り給ひぬ。御衣はまことに身放たず傍らに置き給へり。

＊北窓三友の詩―和歌の09参照。「三友トハ誰トカナス。琴罷《や》ンデハ輙《すなは》チ酒ヲ挙ゲ、酒罷《や》ンデハ輙《すなは》チ詩ヲ吟ズ。三友遞《たが》ヒニ相引イテ循環シ、已ム時ナシ」。

08

謫居春雪

盈城溢郭幾梅花
猶是風光早歳華
雁足粘将疑繋帛
烏頭点著思帰家

謫居《たつきよ》の春雪

城に盈《み》ち郭《くるわ》に溢《あふ》れて幾《いく》ばくの梅花ぞ
猶《なほ》是れ風光の早歳の華《はな》のごとし
雁《かり》の足に粘《ねえつ》き将《もたり》ては帛《きぬ》を繋《つな》げたるかと疑ふ
烏の頭に点《さ》し著《つ》きて家に帰らむことを思ふ

【出典】菅家後集・五一四

流された土地の住まいで見る春の雪

春の雪は城一杯に満ち満ちて建物にも溢れるほど降り敷き、一体どれくらいの梅の花が咲いているのかと思わせるほど。雪は風に揺られ梅花が光ってまるで季節に先駆けて咲く花のようだ。雪はあたかも蘇武が託した手紙のように雁の足に粘り着いて、白布を懸けたかの如く、燕《えん》の太子丹《たいしたん》が故郷に帰れたように烏の頭に雪が積もって白くなったように見える。さて私も家に帰ろうではないか。

道真の絶筆となった詩。延喜三年（九〇三）一月の作で、この年の二月二十五日、太宰府の謫所《たくしょ》で薨じた。時に五十九歳。春の雪を「梅花」に見立てた比喩表現や故事を多用した詩である。

梅花といえば漢詩01の、道真十一歳の時に作った漢詩第一作「月夜に梅花を見る」との対応が気になる。そこでは梅が夜空に輝く星に見立てられていた。見立てや故事はもとより漢詩の得意とする詩法。死を直前にした道真の最後の詩が、十一歳の少年の時に見たのと同じような幻想で再び彩《いろど》られていること自体が道真の詩人としての人生を物語っているようだ。

起句《きく》と承句《しょうく》はいうまでもなく早春の雪を梅花に見立てたものであるが、道真は死の床にあってまだ花咲かぬ雪の木々に満開の梅を夢見ていたのである。美しく哀れな光景である。

もっとも道真の思いはそれですむはずもなかった。後半では雁書《がんしょ》の故事と太子丹《たん》の故事が矢継ぎ早に語られることに注意したい。

転句では北へ帰る雁の足に着いている春の雪は、薄絹に蘇武《そぶ》が認《したた》めた手紙のようであるとする。*『漢書《かんじょ》』蘇武《そぶ》伝に載る雁書《がんしょ》の故事は誰でも知っている有名なもの。漢の名臣であった蘇武は匈奴《きょうど》に使者として赴き、そのまま抑留

【語釈】○謫居―罪を得て流刑地で暮らすこと。またその侘び住まい。「我去年帝京ヲ辞シテ従《よ》リ謫居シテ病ニ臥ス潯陽城」（白楽天「琵琶行」）。○城に盈ち郭に溢れて―白氏文集・二十「余杭ノ形勝」の「郭ヲ繞ル荷花三十里、城ハ払フ松樹一千株」に拠るか。

＊漢書蘇武伝―漢、武等ヲ求ム、匈奴《きょうど》跪《ひざまず》キテ言ハク、武死セリト。……漢ノ使者ヲシテ単于《ぜんう》ニ謂《い》ハシメテ曰ク、天子上林中ニ射テ雁ヲ得タリ。足ニ係レル帛書《はくしょ》有リ。言フ所ハ武等ソノ沢中ニ在リト知リヌトナリ」。

されたが、雁の足に雁書を結んで己の無事を伝え、僻地《へきち》からの救出を求めたという。蘇武は十九年の抑留の後故国に帰ることを得た点で、道真の現在とはぴったり一致しないが、蘇武のいる匈奴《きょうど》の地と道真がいる筑紫とは明らか重なっている。

結句の燕《えん》の太子丹の話も、諸書に引用され詩にうたわれている点で、蘇武に劣らず有名である。丹は燕の昭王の太子、秦《しん》の始皇帝《しこうてい》を暗殺するために刺客荊軻《けいか》を送ったことで知られる。かつて丹は秦に挑んで敗れ、秦に幽閉《ゆうへい》された。始皇に帰国を願い出たところ、始皇は、カラスの頭が白くなり馬に角が生えたなら返そうと有り得ないことを言った。丹は絶望に打ち拉《ひし》がれたが、やがて奇跡が起き、カラスの頭が白くなり馬に角が生えた。さすがの始皇も約束を破るわけにゆかず、丹の赦免《しゃめん》を決定したという故事。『史記』*刺客列伝や、『芸文類聚』*九十二「烏」所引の「燕太子」が引く話である。『和漢朗詠集《わかんろうえいしゅう》』下「白」に載る謝観《しゃかん》「白賦」に「秦皇驚歎《けいたん》ス燕丹ガ去リシ日ノ烏《からす》ノ頭」、『白氏文集』巻十の詩「元郎中・楊員外ノ烏ヲ喜ビテ……」に「我ハ郷里ニ帰ランコトヲ望ム。我ノ帰ルハ応《まさ》ニ烏《からす》ノ頭ノ白クナルヲ待ツベシ」などと見えている。もちろん道真には赦免の引き金になるような奇跡は起こらな

＊史記刺客列伝―「燕丹子曰ク、丹帰ランコトヲ求ム、秦王曰ク、烏ノ頭白ク馬角ヲ生ジマシカバ乃チ許サマクノミ。丹乃チ天ヲ仰ギて歎ク、烏ノ頭即チ白ク馬角ヲ生ズ」云々。

＊芸文類聚―「燕ノ太子丹秦ニ質タリ。秦王之《これ》ヲ遇スルニ礼無シ。意ヲ得ズ。帰ラント欲ス。秦王聴《ゆる》サズ。謬《いつは》リテ言ヒテ曰ク、烏ヲシテ頭ヲ白シカラシメ、馬ヲシテ角ヲ生ゼシメバ乃《すなは》チ可ナリト。丹天ヲ仰ギテ歎ク。烏即チ頭白ク、馬為ニ角ヲ生ズ。秦王已《や》ムヲ得ズシテ之ヲ遣《ゆる》ス」。

かった。しかし永遠の絶望に身をよじっているとき、この丹の故事は一筋の光明として道真の脳裏を決して去ることはなかったであろう。

　初二句の梅花の幻想と、終わりの蘇武と丹の故事をうたう二句は、この詩の中ではまさに裏腹をなしているとみてよい。遠い異国に身をさらして隠忍《いんにん》の日々を送る蘇武と丹はそのまま道真自身につながるであろうし、まだ雪の中にあって花をつけぬ梅の花は道真自身の暗喩《あんゆ》であった。

　道真の詩の方法の中心をなしているのは、長年携わってきた学問から得た故事や古詩の世界に自己を寄り添わせてうたうことであった。道真の最後の詩であるこの詩もそうした詩作りのエッセンスが遺憾なく発揮されていた。しかし故事や古詩に基づくこうした表現は、その知識を分かち合える他者がいてこそ生きる話でもあるだろう。最後になって道真が意識していた読者とはいったい何処にいるというのだろうか。理解してくれる他者が得られぬまま死を迎える道真の孤独を支えるものは、詩をうたうことそれ自体であったのかもしれない。はるか遠い八百年後、詩神に取り憑かれて、死の床にあってもなお「*旅に病んで夢は枯野をかけめぐる」とうたった芭蕉の姿をここに重ねることは決して突飛な連想ではないだろう。

＊旅に病んで夢は……――元禄七年（一六九四）序「笈日記」他。死の四日前、大坂御堂筋前の花屋にての作。

歌人略伝

菅原是善《これよし》の三男として承和十二年（八四五）に京都に生まれた。十一歳の時、斉衡二年（八五五）に島田忠臣《ただおみ》の指導を受けて「月夜ニ梅花ヲ見ル」詩を作った。十五歳で元服。貞観四年（八六二）、十八歳で文章生《もんじょうしょう》の省試に応じ、及第する。二十三歳で文章得業生《もんじょうとくごうしょう》となる。二十八歳で母伴氏を喪う。元慶四年（八八〇）三十六歳の頃、父是善没す。以後志を継いで菅家廊下を主宰するに到る。三十九歳で渤海《ぼっかい》大使裴頲《はいてい》らの接待をする。仁和二年（八八六）、四十二歳で文章博士などの官を解かれ讃岐守に任命される。四十四歳で阿衡《あこう》問題を巡って藤原基経《もとつね》を諫《いさ》める。寛平二年（八九〇）四十六歳で帰京する。四十七歳で師匠であり岳父《がくふ》でもあった島田忠臣を喪う。五十歳で遣唐大使を拝命するが、遣唐使派遣は道真の奏上で停止された。五十一歳の頃、再び訪れた裴頲を鴻臚館《こうろかん》で接待する。五十二歳で、長女衍子《えんし》を入内《じゅだい》させ女御《にょうご》にする。五十三歳で権大納言になり右大将を兼任するに到った。因みにこのとき藤原時平《ときひら》は大納言左大将になっている。昌泰元年（八九八）五十四歳で前年に退位した宇多上皇に付き従って片野、宮滝を経巡る。五十五歳で右大臣に任じ右大将を兼任する。時平は左大臣左大将である。五十六歳の頃、祖父菅原清公と父菅原是善、及び道真の詩集を醍醐天皇に献上している。五十七歳で正月七日に時平とともに従二位に叙されるも同二十五日には大宰員外帥に左遷され、二月一日に京都を発って配流先に向かっている。延喜三年（九〇三）一月「謫居ノ春雪」詩を詠じている。二月二十五日大宰府の謫所《たくしょ》で薨ずる。時に道真五十九歳であった。

略年譜

年号	西暦	年齢	道真の事跡	歴史事跡
承和十二	八四五	1	この年京都に誕生　父は菅原是善	父是善文章博士に任ずる
嘉祥　三	八五〇	6	この頃夫人の島田宣来子誕生	僧円珍入唐のため京をたつ
斉衡　二	八五五	11	島田忠臣の指導で初めて「月夜梅花を見る」の詩を作る	続日本後紀成る
貞観　四	八六二	18	文章生の省試を受けて及第	高岳親王入唐
六	八六四	20	弟の連聡を失う	円仁没す
七	八六五	21	父に代り連聡の霊を祀る文を作る	唐商人六十三名九州に来る
八	八六六	22		この年応天門の変　伴善男失脚
九	八六七	23	文章得業生に補す	
十二	八七〇	26	文章得業生方略試を受け都良香に及第と判定される	
十四	八七二	28	存問渤海客使に任ず　母伴氏の喪に服す	藤原良房薨ず（69歳）　藤原基経右大臣に任ず
元慶　四	八八〇	36	父是善没す（69歳）	在原業平没す
仁和　二	八八六	42	讃岐守に任ず	藤原時平元服（16歳）

四	八八八	44	阿衡問題について基経を諫める	
寛平 二	八九〇	46	讃岐守の任を終わり帰京する	藤原基経関白を辞す
三	八九一	47	岳父忠臣死す（64歳）	藤原基経薨ず（56歳）
四	八九二	48	『類聚国史』を撰進する	
六	八九四	50	遣唐使の停止を奏上し認められる	大江千里『句題和歌』成る
七	八九五	51	渤海大使を鴻臚館に饗応する　従三位中納言に任じ時平と並ぶ	左大臣源融没す（74歳）
九	八九七	53	権大納言右大将に任じ、時平は大納言左大将になる	宇多天皇譲位（31歳）醍醐帝即位（13歳）
昌泰 元	八九八	54	宇多上皇に扈従し片野や吉野宮滝を巡る	
二	八九九	55	三度辞表を出すも右大臣右大将に任ず　時平は左大臣左大将になる	宇多上皇仁和寺で出家、東大寺で授戒
三	九〇〇	56	『菅家三代集』二十八巻を献ず　三善清行に勇退を勧告される	三善清行、辛酉革命の議を奏上
延喜 元	九〇一	57	一月、時平とともに従二位に叙す　一月大宰員外の帥として大宰府に左遷される　九月「去年今夜」の詩を詠む	時平ら『三代実録』『延喜格』を撰進
三	九〇三	59	二月二十五日大宰府の配所で薨ず	

解説　「歌人であり政治家でもあった詩人　菅原道真」――佐藤信一

はじめに

菅原道真と聞いてまず何が思い起こされるだろうか。祟りをなした雷神、北野天神や中島天神、湯島天神、太宰府天満宮など全国に祀られた天神様と学問の神、飛梅伝説、遣唐使の廃止を提言し国風文化を開花させた文化人、華々しい昇進を遂げた壮年期と大宰府に左遷された後の辛酸《しんさん》に満ちた生、『百人一首』「このたびは幣《ぬさ》も取りあへず」の歌人、『菅家文草』『菅家後集』に遺された数々の詩文――、当然ながら一言では語り尽くせない人物像が浮かぶ。それぞれの時代や個々人によってさまざまなイメージを結ぶことだろう。道真は多才不《ふ》羈《き》であるが故に、一つの世界に収まらぬ多方面に才能を発揮した人間だった。

道真の生涯

菅原道真は、文章《もんじょう》博士菅原是善《これよし》の三男として平安時代初期の承和十二年（八四五）に京都に生を受けた。学問の継承者として早くから期待されたようで、斉衡《さいこう》二年（八五五）に師島田忠臣《ただおみ》の指導で詩の第一作「月夜ニ梅花ヲ見ル」一編を詠じている。時に十一歳。

貞観六年（八六四）十月に弟の連聡《れんそう》が身罷《みまか》り、夭折《ようせつ》した弟への思いを籠め、翌年父是善に代わって「連聡ノ霊ヲ祭ル文」を制作し、「家君尓《なんぢ》ヲ愛ス。尓相《なんぢあひ》悊《は》ヅルコト勿《なか》レ」と記している。「家君」は父である是善のこと。貞観八年（八六六）には二十二歳で「秋夜。離合」の詩を作り、その年に起こった応天門《おうてんもん》の変を風諭した。承句に「刀気《とうき》夜ノ風威《はげ》シ」とあり、尋常ならざるものが感じられる。応天門の変とは、大内裏《だいだいり》応天門の炎上に絡んだ疑獄事件である。伴善男《とものよしお》が犯人とされたが、藤原氏による他氏の排斥《はいせき》という政治的側面を併せ持つ。まさか後年、自分が同じような運命を歩こうとは予想もしていなかったであろう。貞観十四年（八七二）一月六日、存問渤海客使に任ぜられる。これは道真の学問が書物の上のことに留まらず、語学としても大成していたことを示すものであろう。ただ十四日には母の伴氏が亡くなったため職を辞している。この時二十八歳。元慶元年（八七七）十月、三十三歳で文章博士に就任する。

同四年八月、父是善が没した。道真は大痛手であったろう。道真が他人に嫉《ねた》まれるであろうと予言した父の言を想起して、「博士難。古調」という詩に「誠ナルカナ慈父ノ令《をし》ヘ」と記した。以後、菅原家の家学である菅家廊下を道真が主催することになる。仁和二年（八八六）一月、文章博士他の任を停止されて讃岐守赴任の命を受ける。この時の西国への赴任を「更ニ妬《ねた》ム他人ノ左遷ト道《い》ハンコトヲ」と記している（「北堂ノ餞《はなむけ》ノ宴」）。地方官への赴任は道真にとって「左遷」も同然だったのでる。「日長キヲ苦シブ。十六韻」という詩に「少キ日秀才タリシトキ、光陰常ニ給《つ》ガズ。朋トノ交リニ言笑ヲ絶チ、妻子モ親習ヲ廃セリ」とあるから、大学での課程を終えて文章得業生《とくごうしょう》となって暫くは夜に日に友人とも談笑せず、妻子とも親しく接しなかったと回想しているから、その頃には島田宣来子《のぶきこ》と結婚していたであろうとされる。寛平二年（八九〇）には讃岐から帰京した。この時四十六歳。

翌年七月には師匠であり舅《しゅうと》であった島田忠臣《しまだのただおみ》が死亡。道真は「田詩伯ヲ哭《こく》ス」を書いて「唯ニ死ヲ哭スノミニ非ズ。遺《のこ》レル孤《みなしご》ヲ哭ス」と自らを孤児に喩え、忠臣亡き後の詩人は有名無実であると言い切っている。寛平七年（八九五）従三位中納言となり、基経の長子《ちょうし》藤原時平と並ぶ。翌八年には長女衍子《えんし》が醍醐帝に入内して女御となる。これが他氏の猜疑心《さいぎしん》を掻き立てたことは想像に難《かた》くない。

寛平九年には権大納言右大将になるが、同日に時平は大納言左大将に昇進している。昌泰元年（八九八）、前年に退位した宇多上皇に従って交野《かたの》や吉野宮滝を巡り、『古今集』や『後撰《ごせん》集』に掲載される和歌を詠じている。昌泰三年には三善清行《みよしきよゆき》に辞職を勧告される。翌年正月、突如大宰員外の帥《そつ》に左遷され、二月一日配所に向かって出立。三年後の延喜三年（九〇三）二月二十二日、謫所《たくしょ》で命を終えた。五十九歳の生涯であった。

学者と政治家と詩人と

道真の著作は詩歌だけではなかった。国史では『日本三代実録』の編纂に従事したが、太宰府に配流されたため名は削られた。また『日本書紀』以下の五国史の事項を分類整理した『類聚《るいじゅ》国史』二百巻を奉った。戦乱で疲弊した中国に危険を賭して渡航しても益はないとして遣唐使の廃止を献策《けんさく》するなど、道真には政治的な見透しにも先見の明があった。讃岐の国司時代に徴税《ちょうぜい》の方法を工夫し、収益を上げたことも知られている。

しかし道真は単に学者や政治家に収まるような人物ではなかった。右に挙げた『三代実録』は叙述が詩的であることでも知られているし、『新撰万葉集』の編者としても知られている。この『新撰万葉集』は、漢詩の絶句と万葉仮名で書かれた和歌とを一首ずつ組にしたものであるが、道真の著作であるか疑問視する説もあり、本書では取り上げなかった。それにしても和歌にも卓越した技量を示し、道真の器が一通りではないということはしっかり押さえておきたい。

為政者としてのあり方

それにしても道真の眼差しが、宇多や醍醐らの帝王のみならず、藤原時平といった権臣《けんしん》、妻宣来子や淳茂《あつもち》、阿満《あま》といった家族、岳父である島田忠臣、藤原佐世《すけよ》、紀長谷雄《きのはせお》など互いに切磋琢磨《せっさたくま》する学問上の先輩や友人たち、駅亭の番人や生活苦の余り自らの財を折って戦役を拒否した老人、その他、漁夫といった底辺にいた人々にも満遍なく注がれていたことに注意するべきであろう。ちなみにここでは『菅家文草』から、本文で触れなかった讃岐国司時代の白頭《はくとう》の翁を詠じた詩の一部を掲げておこう。

　路遇白頭翁
路遇白頭翁。
白頭如雪面猶紅。
自説行年九十八。
無妻無子独身窮。
　《中略》
適逢明府安為氏。
奔波昼夜巡郷里。

　路ニ白頭ノ翁ニ遇フ
路ニ白頭ノ翁ニ遇フ。
白頭ハ雪ノ如ク面ハ猶紅ナリ。
自ラ説《い》ヘラク、行年《ぎやうねん》九十八。
妻ナク子ナク独リノ身窮マレリ。
　―中略
適《たまたま》明府ニ逢ヒニタリ安ヲ氏トナセリ。
昼夜ニ奔波《ほんぱ》シテ郷里《ごうり》ヲ巡ル。

遠感名声走者還。
周施賑恤疲者起。
吏民相対下尊上。
老弱相携母知子。
《中略》
欲学奔波身最嬾。
将随臥聴年未衰。
自余政理難無変。
奔波之間我詠詩。

遠ク名声ヲ感ジテ走ル者モ還レリ。
周《あまね》ク賑恤《しんじゆつ》ヲ施シテ疲レシ者モ起ツ。
吏民相対シテ下ハ上ヲ尊ブ。
老弱相携ヘテ母ハ子ヲ知リヌ。
―中略
奔波学バント欲スレドモ身最モ嬾《ものう》シ。
将ニ臥聴《ぐわちやう》ニ随ハントスレドモ年未ダ衰ヘズ。
自余政理変無キコト難《かた》カラン。
奔波ノ間ニ我ハ詩ヲ詠ジナム。

（菅家文草・巻三）

道で出会った困窮した白髪頭の老人が語るには、以前は悪政のため国土は疲弊《ひへい》し民のどん底に喘いでいたという（最初の中略の部分）。以下中略後の部分の解説を加えるなら、ここでの鍵語《キーワード》は三回繰り返される「奔波」という語。波が寄せては返すように倦むことなく民衆のために働くという意。老人が言うには、その後、偶然立派な国司殿（明府）に逢った。安を名とする人だという（この国司は前々任者の讃岐守安倍興行のこととされる）。国司は安氏が昼も夜も後から後から波が打ち寄せるように村々を駆け巡った。広く振興策を施したので、逃げ出した連中も噂を聞いて帰ってきたし、疲弊した者も立ち上がり、宅人と民衆も仲良く、下の者が上の者を慕う、老人も子供も助け合い、母が子供を失うことも無い（中略。その後この国へ来た保という名のある人―前任者藤原保則―も善政を継いだことが語られる）。国司となった私も、安氏が波の打ち返すように労苦して駆け廻りたいのだが、体が言うことを聞かない。保氏がやったように臥しながら政治を聞こうとも思うのだが、そこまでは老いぼれてもいない。このほか前任の国司とは政治が変わらずにあることは難しいだろうが、私なりに波のような巡回を続行しながら、その傍ら詩を詠もうと思う、といった内容である。後の中略の箇所を境に、主体が白髪頭の老人から道真に入れ替わっていることに注意してほしい。ここでは白頭の翁の話を引き金にしながら、善政を示す「奔波」を取り上げることで、安倍興行や藤原保則、道真自身の、上に立つ為政者としての理想像に焦点が合わせられているのだ。

道真にとって和歌とは何であったか

それでは、道真にとって和歌の持つ意味とは一体何だったのだろうか。本文で取り上げた一首（18）に「花と散り玉と見えつつ欺けば雪降る里ぞ夢に見えける」という『新古今集』に載る歌があった。古注釈以来、第三句の「あざむく」について、和歌にふさわしくない俗語だという疑義が絶えなかった歌であるが、しかしこの「あざむく」は漢詩の「疑」「欺」の翻訳語とみれば許容できるのではあるまいか。こういう言葉遣いは、和歌と漢詩文の間を自在に往復できた道真であったからこそ可能であった叙述ということがいえまいか。そこに和歌の世界に漢詩表現を密接に導入して憚《はばか》らなかった道真の自由な世界を見ることができるだろう。もちろんこの一首だけでそう結論するつもりはないが、本文で見てきたように、漢詩文の表現を内部に沈潜させたようなこうした表現は、道真の和歌の大半に見いだせるものと思われる。

道真を単純な和漢兼作者とみることはできない。『古今集』の新風は漢詩的表現の導入に拠るところが大きいと言われるが、その前夜に、道真のような漢詩文に長《た》けた巨星が積極的に和歌を詠んだことも大いに影響を与えたことは確かであろうと思われる。

音楽としての漢詩のリズム

本文では煩瑣《はんさ》になるので触れなかったが、道真の漢詩が押韻《おういん》や平仄《ひょうそく》という漢詩文本来の規則が厳密に守られて作られていることは有名である。ここでその一端に触れておこう。

「平仄」とは「平韻」の文字と「仄韻」の文字をいい、原音で詩を詠む場合に詩特有の韻律をもたらすものとして極めて大事であった。「平韻」は高低のない平らな音で、上・平の二種があり三十韻があった。これに対し「仄韻」は、高低の変化がある音、上・去・入の三《さん》声《せい》に分かれて七十六韻がある。たとえば五言詩では二文字目と四文字目で平仄を変えなければならない「二四不同」という規則があり、七言詩でも二字目と六字目を同じにしなければならない「二六対」といった規則があった。この他、字の置き方を指定する「転」「粘」とか、二句と四句の五字目を同じ韻字にする「脚韻《きゃくいん》」とか、同じ句の中で仄平仄または平仄平といった孤平や孤仄を避けるといった規則もあった。極めて煩瑣な約束であるが、ここでは道真の「月夜見梅花」という五言絶句を例に一つだけ図示してみよう。道真が十一歳の時に作った最初の詩である（漢詩01に掲出。便宜上、平声を○、仄声を●、韻字を◎で示した）。

月夜見梅花

〈起句〉　月 耀 如 晴 雪。　●●○○●　月ハ耀《かかや》クコト晴レタル雪ノ如ク

〈承句〉　梅花似照星。　○○●●◎　梅ハ花サクコト照レル星ニ似タリ。

〈転句〉　可憐金鏡転。　●○○●●　憐《あは》レムベシ金鏡ノ転《かひろ》キテ

〈結句〉　庭上玉房馨。　○●●○◎　庭上ニ玉房ノ馨《かほ》レルコトヲ。

起句の最初が仄字二文字から始まる「仄起こり式」と言われるもので、五言絶句としては正格な詩法である。韻字は「星《せい》」「馨《けい》」の平声。また起句の平仄の並びを反転させて承句とし、転句のそれを反転して結句とするなど、平仄の点からみて完成度の極めて高い作品になっている。このことは岩波古典大系の『菅家文草 菅家後集』の頭注で川口久雄氏が注意しているが、江戸時代の僧侶である宗淵《しゆうえん》が書いた道真の伝記『北野藁草《こうそう》』の中でつとに指摘していた点であった。

おわりに

道真にとって詩とはいわば音楽にほかならなかった。「知音《ちいん》」という言葉がある。春秋時代の楚《そ》の鍾子期《しようしき》が、琴の名手である伯牙《はくが》が弾く音色の聴いただけでその心境を理解したという故事に基づく語で、よく音を知る者という意から、自分の心を理解してくれる友人、固い絆《きずな》で結ばれた友情を指すようになった。本文でも触れたように、道真は白居易の「三友」にあやかって、鬱屈した時はよく詩に時を過ごした。道真にとって詩作は、ただ心を言語化したものというだけでなく、自分の心の声を聴いてくれる真の知音を求めるためのものでなかったのか。その孤独な詩の背後には、友情を求める渇望が深く湛えられていたという気がしてならない。そうした点で和歌もまた道真にとっては詩と同じ役目を果たすものだったのである。

読書案内

『日本古典文学大系72　菅家文草・菅家後集』　川口久雄　岩波書店　一九六六

道真自選の詩文集『菅家文草』、及び大宰府での詩作を集めた『菅家後集』の全編に注釈を施した基本文献。底本は川口氏所蔵の藤井懶齋本である。訓読や本文に問題がないわけではないが、道真の詩文全体の注釈に初めて鍬《くわ》を入れた点の方を評価すべきであろう。現在絶版であり、古書店にもあまり出回らない。

『石川県立図書館蔵　川口文庫善本影印叢書1　菅家文草』　柳沢良一　勉誠出版　二〇〇八

川口文庫は川口氏所蔵の貴重書が石川県立図書館に寄託されたもの。明暦二年（一六五六）の写本で藤井懶斎自筆奥書本である。先に挙げた大系本の底本。これにより、底本を確認した上で翻刻を検証することができる。書写者の注記などもあり、詩文の解釈に欠かせないものである。

○

『菅原道真論集』　和漢比較文学会　勉誠出版　二〇〇三

菅原道真の「言志」、『菅家文草』に見えたる口語表現、菅原道真の詩観、菅原道真の「逍遥」をめぐって、菅原道真詩に見られる「孤叢」という表現をめぐって、菅原道真と九月尽日の宴、菅原道真の「松竹」と源氏物語、菅原道真の願文、菅原道真・天神信仰研究文献目録などを収める。

『菅原道真事典』　神社と神道研究会　勉誠出版　二〇〇四
菅家金玉抄、新撰万葉集、連歌と天神、菅原道真伝、菅原道真と宗教、古典文学に描かれた菅原道真、漢詩人菅原道真、歌人菅原道真、説話世界の菅原道真、絵巻縁起に描かれた菅原道真、菅原道真参考文献目録などを収める。

〇

『詩人・菅原道真　うつしの美学』　大岡信　岩波書店　一九八九
「うつし」を鍵語にして道真の表現の特質を考察したもの。

『宮廷詩人菅原道真―『菅家文草』・『菅家後集』の世界』　波戸岡旭　笠間書院　二〇〇五
菅原道真と宮廷宴詩、菅原道真と雪月花、菅原道真の不遇とその詩境、菅原道真の周辺、白居易の詩賦を収める。道真の詩文を総合的に考究している。

『菅原道真　詩人の運命』　藤原克己　ウエッジ　二〇〇二
時代の流れ、文章博士になるまで、讃岐守時代、栄光と没落の軌跡、及び佐々木和歌子氏執筆の全国の主要天神・変わり天神社、並びに菅原道真略年譜を付す。読みやすい文体で執筆されている。

〇

『新古今和歌集全注釈』　久保田淳　角川学芸出版　二〇一一
個々の歌の解釈に古注釈を反映させている。所々、漢詩文の影響を見る指摘があり、今回施注するにあたっても極めて有意義であった。

【付録エッセイ】　『詩人・菅原道真　うつしの美学』（岩波書店　一九八九年）

古代モダニズムの内と外（抄）

大岡　信

太宰府の地に設けられた政庁大宰府は、例の白村江の大敗後、翌天智三年（六六四年）に設置された「遠《とお》の朝廷《みかど》」としての官人組織を有する都城でした。平野の北側の山には大野城、南側の山には基肄《きい》城を築き、さらに博多の津への出口に水城《みずき》を築くことから始めて、しだいに整備されていきました。

都城の基本プランは、平野に方形に配置されたのでした。政庁は北部中央に置かれ、そこから大道が南下して町を二等分し、左郭と右郭ができました。一条一坊を一町（一〇八メートル）として、両郭とも東西十二坊、南北二十二条に分割されました。

道真が流されて住んだ家は南館と呼ばれた建物ですが、現在の榎社のあたりとされています。ここは右郭十条一坊に位置していたので、つまりほとんど都城の中央部にあったということになります。

このように書けばいかにも立派な都市計画の上に成った町のように思われます。もちろんそれは当時として立派なものだったでしょう。しかし、いかんせん、人々が群れなして住む

大岡信《おおおかまこと》（詩人）［一九三一―］「大岡信詩集」「折々のうた」

いわゆる都市とはまだずいぶん違っていました。住む人が少なければ町は寂しい。当然のことです。しかも道真が監視つきで暮らすことになった家は、彼の詩から察するに、屋根をささえる松のたる木も朽ちて修理せねば入れず、荒涼たるあたり一帯は道さえ見分けがつかぬほど。井戸もふさがっているし竹垣は破れているといった家でした。梅雨時ともなれば、家の壁土が崩れ落ち、おかげで泥水が入るのも防げるというような状態です。

與誰開口說
唯獨曲肱眠
鬱蒸陰霖雨
晨炊斷絕煙
魚觀生竈釜
蛙咒聒階甎
野豎供蔬菜
廝兒作薄饘

誰《たれ》と與《とも》にか口《くち》を開《ひら》きて說《と》かむ
ただ獨《ひと》り肱《ひぢ》を曲《ま》げて眠《ねぶ》る
鬱蒸《うつじよう》たり　陰霖《いむりむ》の雨《あめ》
晨炊《しんすい》　煙《けぶり》を斷《た》ち絕《た》つ
魚觀《ぎよくわん》　竈釜《さうふ》に生《な》る
蛙咒《あじゆ》　階甎《かいせん》に聒《かまびす》し
野豎《やじゆ》　蔬菜《そさい》を供《きよう》す
廝兒《しじ》　薄饘《はくせん》を作《つく》る

いったい誰とともに口を開いて語り合おうか
肱を枕に　独り眠るのみ
鬱々と蒸すこの陰霖《さみだれ》の長雨
朝ごとの炊事をするのもとだえがちに

かまどや釜には水がたまって小魚が泳ぐ
蛙どもは階段の敷瓦でやかましく咒文を唱える
農家の子が野菜を運び
台所を手伝う子は薄がゆを作る

（「叙意一百韻」）

多少の誇張はあるにしても、彼の日常の一端はよくうかがえます。以前の章でも書いたことですが、道真の漢詩のこのような描写の精細さ、具象的喚起力は、大和言葉による詩歌の歴史にあっては、平安勅撰集の数々はもちろんのこと、その他の詩歌集においても、ついに一度も見ることのできないものでした。

これを知るだけでも、古代日本文学が中国文学を必死になって摂取せねばならなかった理由がわかります。まったく同じことを、明治の新体詩草創期の詩人たちは西欧文学に対して行わねばなりませんでした。

大作「叙意一百韻」についてはあとで触れるとして、道真の太宰府における起居の様子をえがいた他の、もっと短い詩を見てみようと思います。

讀二家書一　七言。

消息寂寥三月餘
便風吹著一封書

消息《せうそく》寂寥《せきれう》たり　三月《さむぐゑつ》餘《よ》
便風《びんぷう》吹《ふ》きて著《お》く　一封《いつぷう》の書《しよ》

西門樹被人移去
北地園教客寄居
紙裏生薑稱藥種
竹籠昆布記齋儲
不言妻子飢寒苦
爲是還愁懊惱余

西門《せいもん》の樹《うゑき》は人《ひと》に移《うつ》されて去《さ》りぬ
北地《ほくち》の園《その》は客《かく》をして寄《やど》り居《を》らしむ
紙《かみ》には生薑《しやうが》を裹《つつ》みて藥種《やくしゆ》と稱《しよう》し
竹《たけ》に昆布《こんぶ》を籠《こ》めて齋《いもひ》の儲《まう》けと記《しる》せり
妻子《せいし》の飢寒《きかん》の苦《くる》しびを言《い》はず
これがために還《かへ》りて愁《うれ》へて　余《われ》を懊《なやま》し惱《なやま》すなり

「家書」とは家族（妻）からの手紙のことです。杜甫のあの有名な、芭蕉を通じて私たちにも親しい「国破れて山河在り　城春にして草木深し」の「春望」の詩に、「烽火三月に連なり　家書、萬金に抵《あた》る」とあるのも、まさに道真のこの詩の「家書」と同じ性質のものでした。

消息なき寂寥の三月《みつき》余りがすぎて
ついに順風が吹き　封書が一通
読めば　西門に植えた樹は人に抜き去られ
北の庭の空地には　新たに人が住みこんだ
紙に生薑を包んで薬と表に書いてある
竹籠に昆布をつめて　精進の食べ物と記してある
妻子の飢えと寒さの苦しみには　一言も触れていない

このためかえって憂愁は増し　私は懊悩する

このような作を読むと、菅原道真という詩人が実に身近に感じられます。

言うまでもなく彼の太宰府時代の作で最も有名な詩は、「九月十日」と題する次の作です。私たちは古くからこれを、「去年の今夜清涼に侍す　秋思の詩篇独り断腸　恩賜の御衣《ぎょい》今此《ここ》に在り　捧持して毎日余香を拝す」という慣用の漢文訓みで覚えてきましたが、ここでは古典文学大系本の訓みで掲げます。詩句の次に分注があるのは作者自身の自注です。

去年今夜侍清涼　　去《い》にし年《とし》の今夜《こよひ》　清涼《せいりやう》に侍《はむべ》りき

　御在所殿名。　　御在所《おましどころ》の殿《との》の名《な》なり。

秋思詩篇獨斷腸　　秋《あき》の思《おも》ひの詩篇《しへん》　獨《ひと》り腸《はらわた》を斷《た》つ

　勅賜㆓秋思㆒賦之。　　勅《おほせごと》して秋《あき》の思《おも》ひといふことを賜《たまは》りて賦《うた》ひき。

　臣詩多述㆑所㆑憤。　　臣《しん》が詩《し》のみ多《おほ》く憤《いきどほ》る所《ところ》を述《の》べにたり

恩賜御衣今在此　　恩賜《おんし》の御衣《ぎよい》は今此《いまここ》に在《あ》り

捧持毎日拜餘香　　捧《ささ》げ持《も》ちて日毎《ひごと》に餘香《よきやう》を拜《はい》す

　宴終晩頭賜㆓御衣㆒。今　　宴《うたげ》終《をは》りて晩頭《ばんとう》に御衣《ぎよい》を賜《たま》へり。今身《いまみ》に隨《したが》ひて笥《け》の中《うち》に在《あ》り、故《かかるがゆゑ》に

　隨㆑身在㆓笥中㆒、故云。　　云《い》ふ。

これを掲げたのは、元来道真の詩には、こういうよく知られた公的要素の強い詩のほかに、「家書を読む」のような私的要素の強い詩が併存していること、とりわけ太宰府時代にはそれが主流を占めていることを言うためでもありますが、何よりもまず、読者の胸をうつ力という、詩にとって最も単純かつ根本的な観点に立って二つを較べてみるなら、多くの人が「家書を読む」の方に手をあげるのではないかということを言いたいからであります。

「九月十日」という詩は、至誠純情の人道真の忠誠心の発露の名作として、古くから、とくに近代以後の教育の世界では第二次大戦終結時まで、とりわけ重んじられてきた詩です。侍臣たちに囲まれて恩賜の御衣を拝する道真公の図は、『北野天神縁起絵巻』を通じて広く人々の脳裡に住みついたものでした。この図では、道真はもちろんのこと、彼をとり囲む貴族たちもみな、宮中にあるのと同様の礼装に威儀を正してうやうやしく侍っています。道真の居室も立派な邸宅です。天神様の縁起絵巻ですから、これはこれでいいのでしょうが、「九月十日」という詩の内実とはあまり関係がない。忠誠心の発露をこの詩に読みとることはよろしいとしても、倫理的な価値と詩の価値とは直結するものではないということは、近代以後の日本社会では、十分理解されていない事柄に属します。

いずれにせよ、「家書を読む」のような詩のよさについて、従来十分に光があてられて来たとは思えません。実際はそこにこそ、菅原道真の人間像が鮮やかに輝き出ているのです。

（以下略）

佐藤信一（さとう・しんいち）
＊1961年　香川県生。
＊東京大学大学院人文科学研究科修士課程（国語国文学専攻）修了。
＊現在　白百合女子大学言語・文学研究センター研究員
＊主要著書・論文
「石上乙麻呂の表現について」（『万葉集と漢文学』汲古書院）
「菅原道真と是善」（『菅原道真論集』勉誠出版）
『源順漢詩文集』（共著、私家版）

菅原道真《すがわらのみちざね》　　コレクション日本歌人選　043

2012年10月31日　初版第1刷発行
2020年6月15日　初版第2刷発行

著者　佐藤信一
監修　和歌文学会

装幀　芦澤泰偉
発行者　池田圭子
発行所　有限会社　笠間書院
東京都千代田区神田猿楽町2-2-3［〒101-0064］
電話　03-3295-1331　FAX　03-3294-0996
NDC分類　911.08

ISBN978-4-305-70643-0 印刷／製本：シナノ
（本文用紙：中性紙使用）

https://kasamashoin.jp

コレクション日本歌人選　第Ⅰ期～第Ⅲ期　全60冊！

第Ⅰ期　20冊　2011年（平23）2月配本開始

1	柿本人麻呂	かきのもとのひとまろ	高松寿夫
2	山上憶良	やまのうえのおくら	辰巳正明
3	小野小町	おののこまち	大塚英子
4	在原業平	ありわらのなりひら	中野方子
5	紀貫之	きのつらゆき	田中登
6	和泉式部	いずみしきぶ	高木和子
7	清少納言	せいしょうなごん	圷美奈子
8	源氏物語の和歌	げんじものがたりのわか	高野晴代
9	相模	さがみ	武田早苗
10	式子内親王	しょくしないしんのう（しきしないしんのう）	平井啓子
11	藤原定家	ふじわらていか（さだいえ）	村尾誠一
12	伏見院	ふしみいん	阿尾あすか
13	兼好法師	けんこうほうし	丸山陽子
14	戦国武将の歌		綿抜豊昭
15	良寛	りょうかん	佐々木隆
16	香川景樹	かがわかげき	岡本聡
17	北原白秋	きたはらはくしゅう	國生雅子
18	斎藤茂吉	さいとうもきち	小倉真理子
19	塚本邦雄	つかもとくにお	島内景二
20	辞世の歌		松村雄二

第Ⅱ期　20冊　2011年（平23）10月配本開始

21	額田王と初期万葉歌人	ぬかたのおおきみ　しょきまんようかじん	梶川信行
22	東歌・防人歌	あずまうた　さきもりうた	近藤信義
23	伊勢	いせ	中島輝賢
24	忠岑と躬恒	みぶのただみね　おおしこうちのみつね	青木太朗
25	今様	いまよう	植木朝子
26	飛鳥井雅経と藤原秀能	まさつね　ひでよし	稲葉美樹
27	藤原良経	ふじわらのよしつね（りょうけい）	小山順子
28	後鳥羽院	ごとばいん	吉野朋美
29	二条為氏と為世	にじょうためうじ　ためよ	日比野浩信
30	永福門院	えいふくもんいん（ようふくもんいん）	小林守
31	頓阿	とんな（とんあ）	小林大輔
32	松永貞徳と烏丸光広	ていとく　みつひろ	高梨素子
33	細川幽斎	ほそかわゆうさい	加藤弓枝
34	芭蕉	ばしょう	伊藤善隆
35	石川啄木	いしかわたくぼく	河野有時
36	正岡子規	まさおかしき	矢羽勝幸
37	漱石の俳句・漢詩		神山睦美
38	若山牧水	わかやまぼくすい	見尾久美恵
39	与謝野晶子	よさのあきこ	入江春行
40	寺山修司	てらやましゅうじ	葉名尻竜一

第Ⅲ期　20冊　2012年（平24）6月配本開始

41	大伴旅人	おおとものたびと	中嶋真也
42	大伴家持	おおとものやかもち	小野寛
43	菅原道真	すがわらみちざね	佐藤信一
44	紫式部	むらさきしきぶ	植田恭代
45	能因	のういん	高重久美
46	源俊頼	みなもとのとしより（しゅんらい）	高野瀬恵子
47	源平の武将歌人		上宇都ゆりほ
48	西行	さいぎょう	橋本美香
49	鴨長明と寂蓮	ちょうめい　じゃくれん	小林一彦
50	俊成卿女と宮内卿	しゅんぜいきょうじょ　くないきょう	近藤香
51	源実朝	みなもとのさねとも	三木麻子
52	藤原為家	ふじわらためいえ	佐藤恒雄
53	京極為兼	きょうごくためかね	石澤一志
54	正徹と心敬	しょうてつ　しんけい	伊藤伸江
55	三条西実隆	さんじょうにし　さねたか	豊田恵子
56	おもろさうし		島村幸一
57	木下長嘯子	きのした　ちょうしょうし	大内瑞恵
58	本居宣長	もとおりのりなが	山下久夫
59	僧侶の歌	そうりょのうた	小池一行
60	アイヌ神謡ユーカラ		篠原昌彦

推薦する——「コレクション日本歌人選」

篠　弘

●伝統詩から学ぶ

啄木の『一握の砂』、牧水の『別離』、さらに白秋の『桐の花』、茂吉の『赤光』が出てから、百年を迎えようとしている。こうした近代の短歌は、人間を詠みうる詩形として復活してきた。しかし、実生活や実人生を詠むばかりではなかった。その基調に、己が風土を見つめ、豊穣な自然を描出するという、万葉以来の美意識が深く作用していたことを忘れてはならない。季節感に富んだ風物と心情との一体化が如実に試みられていた。

この企画の出発によって、若い詩歌人たちが、秀歌の魅力を知る絶好の機会となるであろう。また和歌の研究者も、その深処を解明するために実作を始められてほしい。そうした果敢なる挑戦をうながすものとなるにちがいない。多くの秀歌に遭遇しうる至福の企画である。

松岡正剛

●日本精神史の正体

和泉式部がひそんで塚本邦雄がさんざめく。道真がタテに歌って啄木がヨコに詠む。西行法師が往時を彷徨して寺山修司が現在を走る。実に痛快で切実な組み立てだ。こういう詩歌人のコレクションはなかった。待ちどおしい。

和歌・短歌というものは日本人の背骨であって、日本語の源泉である。日本の文学史そのものであって、日本精神史の正体なのである。そのへんのことはこのコレクションのすぐれた解説を読まれるといい。

その一方で、和歌や短歌には今日のメールやツイッターに通じる軽みや速さや愉快がある。たちまち手に取れるし、目に綾をつくってくれる。漢字・旧仮名・ルビを含めて、このショートメッセージの大群からそういう表情をぞんぶんにも楽しまれたい。

コレクション日本歌人選　第Ⅳ期

第Ⅳ期　20冊　2018年（平30）11月配本開始

61	高橋虫麻呂と山部赤人	たかはしのむしまろとやまべのあかひと	多田一臣
62	笠女郎	かさのいらつめ	遠藤宏
63	藤原俊成	ふじわらしゅんぜい	渡邊裕美子
64	室町小歌	むろまちこうた	小野恭靖
65	蕪村	ぶそん	揖斐高
66	樋口一葉	ひぐちいちよう	島内裕子
67	森鷗外	もりおうがい	今野寿美
68	会津八一	あいづやいち	村尾誠一
69	佐佐木信綱	ささきのぶつな	佐佐木頼綱
70	葛原妙子	くずはらたえこ	川野里子
71	佐藤佐太郎	さとうさたろう	大辻隆弘
72	前川佐美雄	まえかわさみお	楠見朋彦
73	春日井建	かすがいけん	水原紫苑
74	竹山広	たけやまひろし	島内景二
75	河野裕子	かわのゆうこ	永田淳
76	おみくじの歌	おみくじのうた	平野多恵
77	天皇・親王の歌	てんのう・しんのうのうた	盛田帝子
78	戦争の歌	せんそうのうた	松村正直
79	プロレタリア短歌	ぷろれたりあたんか	松澤俊二
80	酒の歌	さけのうた	松村雄二